PRUEBA PERFECTA

El Despertar de
Un Joven Gay

PRUEBA PERFECTA

El Despertar de un Joven Gay

por

RODION REBENYAR

Prensa
Güerito

ISBN 9781502387127

Este libro se terminó de imprimir
en octubre de 2020

Impreso en los Estados Unidos de América

dedicado a

E L S A

una gran amiga
que siempre
sigue luchando
y un día
va a ganar
la batalla

Capítulo 1   RELÁMPAGO

---¿Todavía no estás listo? ---gritó el dirigente---. Falta muy poco, como ya sabes.

Diego quiso ceñirse de nuevo el nudo de la corbata azul cielo, pero fue inútil.

----Espere por lo menos a que baje, Señor Aguirre.

Era imposible vestirse tan de prisa antes de estos espectáculos. Necesitaba a quien le ayudara, pero el dirigente era demasiado tacaño y simplemente no quería pagar el sueldo de un empleado más. Según él, todos los muchachos ya no eran demasiado jóvenes que no sabían encargarse de sí mismos. El dirigente se acostumbraba a ser duros con los otros chamacos, pero en cuanto a Diego pues siempre lo había tratado con delicadeza porque era uno de sus predilectos.

Durante los pocos años de haber tomado parte en este fabuloso mundo de la moda, Diego se dio cuenta de lo que le quedó y no le quedó bien. Definitivamente este traje cruzado con sus solapas anchas y su corte demasiado escaso no le gustó nada. Con esa corbata azul cielo se vio aun peor junto al color gris del traje elegante de la Casa Puccinelli. Ya sabía que el señor Aguirre no quería que los chicos hicieran sus propias decisiones.

Sin embargo tenía que hacer algo antes de bajar. Tiró la corbata en el tocador y abrió su camisa blanca a tres botones de arriba para abajo para mostrar a plena vista su piel morena. Un colgante delgadito y dorado, cosa muy fina que le regaló uno de sus admiradores el año pasado brilló en su cuello. Se miró en el espejo y estaba satisfecho.

---Falta muy poco, te dije. ¡Apúrate!

La voz ronca del señor Aguirre le asustó en este momento. Era siempre tan insistente de revisar la apariencia de cada uno de los jóvenes antes de que se presentasen delante del público. Esta vez Diego se decidió no permitirle ver ni su camisa abierta ni su actitud caprichosa.

---Ahora bien ---dijo para sí---. Que la altivez sea parte de mi vida nueva.

Cuidadosamente abrió la puerta de su cuarto y anduve de puntillas hacia la escalera. Llevó un nuevo estilo de pantuflas Aragón que se veían como zapatos sin cordones y de inmenso lustre. Paso a paso miró por delante y por atrás sin encontrar a nadie ni nada que lo impidiera.

Oyó la voz del locutor allí abajo sonando el nombre del próximo integrante del equipo que se llamaba Fernando, muy amigo de él, así como unos detalles acerca del atuendo de última moda que llevaba («*una chaqueta sport de los prominentes* Llach et Dudamel, *con solapas estrechas y un sólo botón, muy apropiado y reflejante de nuestra época contemporánea*»).

A continuación del espectáculo el señor Aguirre habría querido que Diego se parase detrás de Fernando. No le resultó favorable esconderse detrás de su amigo en la cola, pues era el último muchacho que iba a aparecer en la pasarela y no hubo ningún otro que lo siguiera. Sería a plena vista del dirigente y no había salida.

Justamente en ese momento le sonrió la buena fortuna ya que uno de los sastres le llamó la atención al señor Aguirre. Se olvidó completamente de Dieguito y se prestó toda su atención al sastre maricón que conversaba ansiosamente con gestos exagerados. Diego se echó a reír al verlos juntos discutiendo de una manera tan animada. Naturalmente no quería que nadie se fijara en él antes de estar listo para salir a la pasarela. Debajo de las luces brillantes era donde él quería lucir, no tras las cortinas. Tal era su nueva vida caprichosa, su altivez escogida, su modo de pensar.

Fernando ya estaba para regresar de la pasarela cuando lo vio. El pelirrojo con sus pecas incontables se asustó al mirar la camisa abierta y suelta de su mejor amigo. Le jaló el brazo.

---¿Qué te ocurre, hombre? ---murmuró---. El dirigente te dará una cachetada y te la vas a arrepentir. ¿Estás loco? No te creo.

---¡Bah! No me va a pasar nada --dijo sonriendo---. Ya verás.

Para crear un efecto aun más impresionante antes de salir a la pasarela iluminada, se pasó la mano por el cabello para descomponerlo un poquito. Sus pelos se veían todavía húmedos del baño reciente. No tardando ni un segundito más, el muchacho arrancó a caminar hacia la pista antes de que el dirigente y un puñado de otras personas se dieran cuenta de su entrada. Dio pasos calculados, vueltas rápidas y movimientos exóticos. Se detuvo, y con los labios entreabiertos salió a la pasarela.

Su autocontrol era sobresaliente. Lo despeinado que fue y su manera de deslizarse como si flotara les sorprendió no sólo al público sino también al pobre locutor. Él se calló unos veinte segundos para poder reconstruir sus palabras ya ensayadas desde hace mucho tiempo.

---Si no atengo al guión preparado ---pensó--- seguro que el dirigente me va a regañar. Al contrario, si no cambio las palabras y los detalles de la imagen de este muchacho medio descompuesto, ¿cómo reaccionará el público? Además de la gente aquí en la sala, hay otros millones mirándolo en sus pantallas televisivas.

Un colega en la cabina de cristal percibió su confusión y lo miró con asombro.

---Ni modo. Cambia el texto si te conviene. No te va a pasar nada ---añadió sonriendo ---. Ya verás.

Los músicos también se confudieron. Iban a seguir tocando el fragmento designado, una obra muy estimada por todos los aficionados del país. Cuando Gilberto Serrano compuso su «*Vals de los Crisantemos*» durante el siglo XIX, no pensaba nunca en los espectáculos de última moda juvenil. Por supuesto no había tenido la menor idea de los jóvenes hoy en día ni de sus tendencias rebeldes tampoco. Sin duda se habría desmayado si supiera que Diego Del Toro iba a presentarse tan descompuesto en una pista de alta moda moderna.

Los miembos de la orquesta al igual no siguieron tocando unos segunditos por falta del locutor y su guión tan bien escrito que memorizó por completo durante los numerosos ensayos a los que asistió antes de esta noche de gala. El director escogió frenéticamente algo muy distinto.

---Número veintiséis, puñales. ¡Vamos ya!

Empezaron a tocar una canción rocanrolera del año pasado que estrenó el conjunto Aire Fresco durante el festival semestral «*Aquitania Movida*».

---Así es, damas y cabelleros ---sonó la voz animada del locutor---. Nos llega un relámpago desde el cielo sobre nuestra patria aquitaniana, y no vamos a ser jamás iguales.

Una tremenda emoción sacudió a la multitud cuando oyeron las notas alegres, sabrosas y muy bailables de la canción epónima.

Señor Aguirre dejó de reñir con el sastre y se quedó con la boca abierta. Mil cosas terribles volaron de repente através de su mente. ¿Qué dirían los dueños y gerentes de la Casa Puccinelli acerca de tal muestra de uno de sus trajes más elegantes llevado por un modelo joven e irresponsable delante del público? Una travesura como ésta le podría costar todo el negocio adquirido de aquella empresa junto a toda la clientela en general. Esto no debería de suceder en los tiempos desde el triunfo de la revolución aquitaniana y la reconstrucción del país.

---¡Sáquenlo cuanto antes de la pista! ---les gritó a los demás jóvenes y los varios ayudantes, pero no se movieron---. O a lo mejor bajen el telón para que no luzca delante de tantas personas. Yo me encargaré personalmente de ese mocoso cuando regrese.

---Es demasiado tarde, señor dirigente ---dijo Fernando, y un par de chicos asintieron también---. Diego ya pasó más allá de la pista.

E iba moviéndose en la pura pasarela.

Mientras todos los muchachos detrás de las cortinas se cimbreaban felizmente al ritmo de la canción, el locutor siguió sus elogios improvisados y el público se volvió loco, desbordándose en aplausos.

---Una maravilla en el estilo juvenil ---exclamó hasta gritar a la multitud---. Un traje para toda ocasión como nuestro querido Diego Del Toro nos demuestra con su camisa suelta y abierta. Efectivamente no necesita corbata para adorno, sino su «chic» increíble e inigualable. Un traje para todas las estaciones del año como no se puede imaginar, damas y cabelleros. ¿Qué más podemos decir?

El ritmo intoxicante de la canción, las luces coloridas, la presencia del muchacho dorado en su traje gris que ahora se desabrochó para mostrarse aun más aparatoso: en fin, era una combinación diabólica y a la vez extraordinaria.

Señor Aguirre miró también con una mezcla de ansiedad y afán. Tuvo que admitir que Diego tenía ese «algo» para poder salir bien con un tal disparate. Pensaba en todo lo que los periodistas del país así como en el extranjero iban a difundir. Después de todo habría representantes aquí en la ciudad capitalina que se acudieron al espectáculo. Quizás las emisoras radiales y las estaciones televisivas enloquecieran al igual por lo que estaba sucediendo aquí en los últimos momentos de la presentación.

---Entonces, mis estimados damas y cabelleros ---concluyó el locutor, todavía con gran entusiasmo en su voz--- no cabe duda que a partir de hoy todos los muchachos en todo el país así como el mundo entero tendrán que vestirse de la manera que ustedes vieron aquí esta noche en nuestra sala, en nuestra pasarela iluminada, nada más y nada menos que nuestro relámpago fenomenal nos ha mostrado el verdadero significado de las palabras «última moda». Otro aplauso para Diego Del Toro y el traje gris de la Casa Puccinelli, por favor.

La orquesta tocaba unas estrofas más a continuación mientras todos los muchachos aparcieron de nuevo en la pista llevando todavía sus trajes, sacos, chamarras, chalecos, camisas, camisetas y playeras estampadas de diferentes colores y estilos.

Diego quería sonreír de veras, pero guardaba su actitud altiva delante del público hasta el mero momento que los demás modelos se juntaron con él en la pista, acompañado por el señor Aguirre. Se aferró al brazo de Diego. Gotas de sudor se deslizaban por su frente y sonrió nerviosamente. Parecía que los aplausos y gritos de aprobación por el público nunca iban a cesar.

---Estoy tan orgulloso de ti, mi becerrito ---murmuró, pero Diego no lo podia oír---. Estoy cierto que hay unos caballeros que les gustaría conocerte mejor, si no tienes nada en contra.

Diego se enojó, pero no dejaba de sonreír mientras todavía se reunían los muchachos en la pista y estaban prendidas las luces. En cuanto terminaron los aplausos y bajó el telón por última vez, el muchacho dorado volvió al dirigente con el ceño fruncido.

---¿Por qué de nuevo? ---le interpeló Diego---. Usted sabe cómo me sacan de quicio aquellas actividades.

El dirigente se puso muy serio.

---No es cuestión de actividades, mi corderito. Es deber. Los caballeros dueños te esperan y tienes que complacerlos sin falta. Te diré que esta vez el hijo mayor del viejo señor Puccinelli, un joven muy rico que se llama Gustavo, te pidió. Me hizo tantas preguntas acerca de ti, y yo le di las respuestas adecuadas. Le expliqué varias cosas en cuanto a nuestro «arreglo especial». Te ruego que vayas con él específicamente. Te resultará muy ventajoso.

A Diego le empezaban a humedecerse las enormes cuencas de sus ojos, pero no gotearon. Aspiró y exhaló unas veces. Estaba enojado y no quería que el dirigente le hiciera siempre cumplir con los deseos de los caballeros dueños.

---No me fastidies, muchacho. Te digo que vayas

con él y los demás señores. Pues, ¿cómo te voy a convencer de lo que tú ya sabes? Siempre te dices muy capaz, o a lo mejor me equivoco, ¿verdad?

En realidad el señor Aguirre habría deseado entregarle al pobre muchacho su compasión y su remordimiento. Sin embargo había fuerzas más poderosas y bastones de mando mucho más grandes para satisfacer. Apiadándose de un muchacho de once años simplemente no valía la pena.

---Créeme, mi pequeño príncipe ---añadió francamente---. Como siempre dices tú, nada te va a pasar. ¡Ya verás!

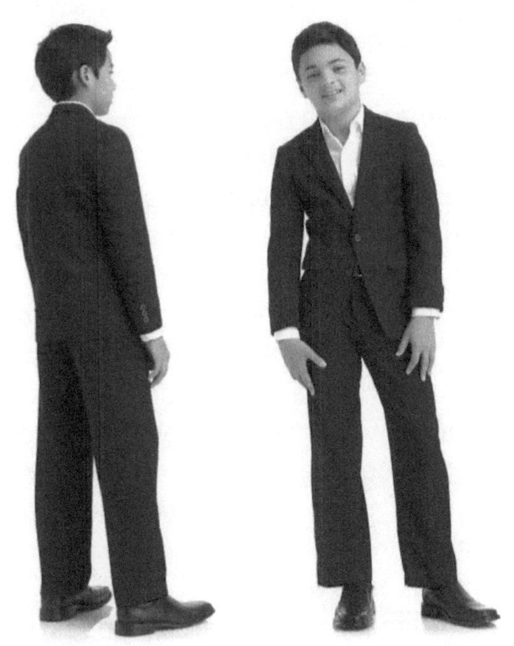

Capítulo 2 RECONSTRUCCIÓN

A veces Diego Del Toro no podía creer las cosas que habían sucedido en su vida tan corta. Aunque las luces brillaban en estas noches de gala, no fue siempre así.

Todos sabemos bien lo que significó la época de reconstrucción en Aquitania. Hasta los habitantes del país vecino, San Gonzalo, estaban adelantados del movimiento revolucionario aquitaniano, en especial los generales de la junta militar, los caciques de las grandes industrias e instituciones así como los políticos que apoyaban la dictadura de Arnulfo Verdaguer, el gran libertador de su patria austral. Los vencedores acababan de derrotar un gobierno liberal, de modo que otro gobierno liberal tan cercano los amenazaba de gran manera.

En realidad no tenían que preocuparse. La reconstrucción aquitaniana tenía sus propias metas, unos desafíos muy distintos y una sociedad en marcha.

Un muchacho inocente como Diego no se dio cuenta de la transición entre la ruina económica (que vino con la dictadura antes del periodo de la reconstrucción) y la inmensa libertad (que resultó después del dicho evento). Con la libertad vino la anarquía en vez de la democracia. Las intenciones del nuevo gobierno eran buenas y sin reproche, pero les fue difícil llevarlas a cabo.

Diego, su buen amigo Fernando y todos los otros

muchachos iban a la escuela porque era la ley. Había sido así durante los tiempos de la dictadura y siguió siendo así después de la reconstrucción. Todos los niños del país tenían derecho a una formación adecuada, aun la más básica o mínima. Lo que estudiaron acerca de los tiempos pasados les parecía una pesadilla.

---¿Cómo fue la vida diaria en aquel entonces? ---preguntó el maestro---. ¿Qué se necesitaba para aguantar ese tiempo tan feroz en nuestra historia?

Los pobres alumnos se miraban sin saber qué decir. Fernando alzó la mano, y el maestro asintió. Poniéndose de pie, el muchacho tímido preguntó, ---¿Cómo hemos de saber lo que sucedió en aquél entonces si todavía no nacimos?

El maestro estaba a punto de reírse, pero se mantuvo recto y serio.

---Admiro tu franqueza, Fernando. Por eso estudiamos la historia de nuestra patria querida para no volver a cometer los errores del pasado.

Diego le taladró al maestro con su mirada todo el tiempo, pero se le hizo un nudo en la garganta. Su mente estaba llena de pensamientos y opiniones sobre la historia aquitaniana. Quiso expresarse, pero no se atrevó hablar ni acá dentro de estos cuatro paredes ni allá fuera en el gran mundo traidor.

«*¿Estudiar la historia para no volver a cometer errores?*»

Le pareció increíble. En realidad los muchachos de su edad no vieron nada de cambios en sus vidas diarias. Para ellos las cosas habían sido más duras y peores que en los tiempos pasados. No había nada alrededor suyo que les diera confianza en el futuro.

Bajo la dictadura los gobernantes del estado manipularon no sólo todos los bienes raíces del país, los asuntos comerciales, agrícolas e industriales, sino también el tejido social y cultural de la nación. Las autoridades lograron promulgar varias leyes muy estrictas en cuanto a la estructura de la familia, el índice de natalidad disminuido y las personas solteras en líneas generales. Junto a las iglesias principales que lo apoyaron con gran entusiasmo el régimen se encargó de las cuestiones de pureza y moralidad.

---En aquel entonces ---explicó el maestro--- era necesario para todos casarse lo más antes possible. Ser soltero era efectivamente peligroso. Las únicas solucciones para los que no quisieran casarse eran salir del país cuando todavía les resultó possible, u ordenarse sacerdote.

Diego sabía bien de todo eso. Él se acordó de los monjes que lo cuidaban por varios años cuando era un niño desamparado. Nunca conocía ni a sus padres ni a su familia. Debido a las exigencias del gobierno, muchos varones y hembras se casaron y tuvieron un enorme placer en cumplir con los vínculos del matrimonio. Iban regando niños y luego los abandonaron sin que nadie les dijera nada. El número de huérfanos en el país creció notablemente.

---Todas las fuerzas armadas eran muy poderosas en la época de la dictadura ---continuó el maestro---. Solían entrar en una aldea o un pueblo pequeño y derrotar violentamente a todas las personas que fueran en contra los deseos del gobierno. No tenían tiempo suficiente para averiguar si la gente era culpable o inocente. De manera que muchos adultos desaparecieron, dejándoles a sus pobres hijos andar sin rumbo por el campo y hacia los lugares más gentíos. Era un desastre y todavía no hemos recuperado de esa tragedia.

El maestro era muy amable e inteligente, pero aun él no tenía menor idea de que sus alumnos ya habían experimentado casi todos esos horrores en la niñez. El lienzo en el cual quiso pintar un retrato con todos los detalles era lamentablemente una realidad para la mayoría de los chamacos sentados delante de él en el aula.

Lo que el buen maestro no se atrevía revelar a sus alumnos era la sabiduría de las metas de los gobernantes durante los años de la dictadura. Pensaban luchar contra la resistencia izquierdista dentro del país así como entrar en guerras con los enemigos en los países alrededores, sobre todo con San Gonzalo. Había un montón de disputas fronterizas a través de las décadas.

Cuando el gobierno derechista subió al poder, las autoridades empezaron a estudiar algunos asuntos demográficos en el país. Se fijaron especialmente en el índice de natalidad disminuido, como ya habíamos mencionado. Estaban adelantados también de un incremento en el porcentaje de homosexuales entre los aquitanianos.

«Si permitimos seguir un desarollo alarmante como éste» dijo en aquel entonces un vocero del Ministerio de Salud Pública, «pues no habrá a suficientes mujeres dando luz en nuestro país. Y si la tasa sigue disminuida, no habrá un crecimiento en el número de varones capaces para ingresar a las fuerzas armadas y luchar en las guerras del futuro. Tenemos que encargarnos de este fracaso antes de que sea demasiado tarde.»

Para evitar la pérdida de más gente del país, el Ministerio del Interior iban cerrando todas las salidas fronterizas. «Nos casamos o nos morimos» era el lema en los días entre la penumbra de la represión.

Si un tipo soltero todavía no estaba dispuesto a casarse, las cosas siempre fueron de mal a peor para él. Primero perdió su empleo, o el derecho de ir a la escuela, o asistir a la universidad. Sin chamba y sin formación no podía ni pagar su renta ni comprar para comer y mantenerse. Luego una sencilla tarjeta echada bajo su puerta por el jefe policiaco de un pueblicito o por la comisaría de las ciudades grandes era más que suficiente para darle temor avasallante.

Durante los primeros seis meses bajo la dictadura se construyeron varios campos de concentración en todas las provincias del país. Además de esas aterradoras instituciones preparadas para darles la bienvenida a los enemigos de la nación, había una docena de campos laborales, sitios de inmensa brutalidad. Si todo eso no fue suficiente, pues las cárceles del país se estaban llenando poco a poco.

---Quizás ya sepan ustedes ---enfatizó el maestro-- que el catolicismo era la religión oficial del estado mientras todas las otras religiones eran prohibidas.

Aunque hoy nos parezca mentira, había en aquel entonces alguna gente que podía superar todas las reglas más estrictas y las leyes más feroces. Puesto que el catolicismo era el mayor sistema de fe entre los aquitanianos (y muy pronto sería la única religión permitida por el gobierno para reforzar su campaña de la pureza y la moralidad en el país), era muy fácil para los jóvenes meterse en el sacerdocio. Los conventos de clausura también crecieron con rapidez a causa de tantas monjas nuevas dentro de sus paredes.

Un joven capitalino que se llamaba Maclovio Casalinga estaba para terminar empacando su ropa y sus utensilios de aseo el día cuando llegó un policía. «Usted no tiene que afanarse, señor policía,» dijo él sonriente. «Ya tengo mis trámites para unirme al sacerdocio. Estoy para salir en el ferrocarril que me conduce a Santa Eufemia de los Lagos.»

El policía se quedó asombrado mientras el joven se despidió de él, no más diciendo, «Que Dios lo bendiga, hermano.»

Al pobre maestro le pareció ridículo tener que explicárselo a sus alumnos. A ellos no les importó el aprendizaje de estas cosas del pasado, a pesar de que fuera recién. En sus vidas no pensaron más que en los juguetes, los pasatiempos al aire libre, los deportes y sus amiguitos, o sean las pocas amistades en su alrededor. Nunca habría sospechado cómo los eventos espeluznantes que ya sucedieron durante sus pocos años en este mundo los podrían impedir para siempre.

«¿*Cómo le voy a decir al maestro que mis pobres cuates y yo ya hemos subido y bajado varias veces entre la Tierra y el Infierno?*» reflexionó Diego.

Respiró hondo mientras el maestro seguía hablando de la historia contemporánea del país. Aunque la patria se hubiera transformado por una reconstrucción exitosa, a veces Diego Del Toro se puso muy triste y no podía entender por qué su vida estaba tan atravesada.

Capítulo 3   «EL TERCER BANDO»

Desde su primer biberón de plata esterlina, sus primeros pasos aplaudidos por una multitud de curiosos, y sus primeros pañales forrados de visón que llenaba maliciosamente con sus heces tan blandas y apestosas como los demás niños en el mundo, fueran ricos o pobres, Gustavo Puccinelli estaba rodeado de lujo sin igual. Su papá, el viejo multimillonario, se había divorciado poco después del nacimiento de este «hijo milagroso,» el unigénito porque ya no vendría más fruto de aquella unión. Así lo quería también el *paterfamilias* en sus últimos años para que fuese único heredero de su inmensa fortuna así como un gran imperio empresarial.

El pequeño Gustavo había pasado su infancia a cargo de una nodriza inglesa, su niñez en compañía de una institutriz francesa, y luego mandado a dos de las escuelas privadas más exclusivas de Suiza, no mencionando a una academia militar en España. Después de haber matriculado con notas excelentes y dominado el inglés, el francés y el español, pensaba salir otra vez de su tierra natal y continuar sus estudios en una de las grandes universidades en Nueva Iorque.

Por lo tanto se decidió quedarse unos meses en Crisanto, la bella ciudad capitalina de Aquitania, para relajarse y gozar de los placeres permitidos por el nuevo régimen liberal de la nación.

Como hijo dorado de una familia destacada del

país nunca se habría acostumado a portarse bien. De niño era mimado, de chiquito remilgado, y en su juventud se volvió simplemente engreído.

Conocido en todas partes por sus elegantes sacos de terciopelo y seda, el joven vástago frecuentaba los sitios de mayor pompa y boato. Sus viajes extravagantes a las selvas africanas, las islas caribeñas, las zonas arqueológicas de las culturas ancianas de Egipto, México, Guatemala y el Perú, o simplemente un cruzero por todo el mundo eran lujos de los cuales sólo un muchacho rico como él podía aprovechar.

Los periodistas y las columnistas de notas sociales escribieron a menudo de sus visitas en los casinos de Monte Carlo, Abu Dhabi, Macau y Las Vegas, donde el joven solía participar en los juegos de azar, apostando gigantescas cantidades de dólares norteamericanos, libras esterlinas, francos suizos así como los euros del continente. Apenas se preocupaba de ganar o perder porque su querido padre siempre pagaba todas sus deudas. De todas maneras el chico adinerado traía las bolsas llenas de dinero en efectivo, además de una billetera de la que dejó una verdadera cascada de tarjetas de crédito.

En fin, Gustavo Puccinelli podía gozar de la vida como ningún otro muchacho de su franja etaria y hacer todo que le diera la gana, sin frenos ni reproches.

Por supuesto el joven Gustavo atraía muchos amores. Sólo él tenia la capacidad de aceptarlos o rechazarlos como le gustara. En las escuelas suizas asistía a clases junto a otros muchachos mayormente guapos y tan ricos como él, los más prominentes de muchos países. Viviendo, comiendo, estudiando, jugando y durmiendo con ellos era la costumbre cotidiana.

Habían experimentado todo lo possible en cuanto al sexo desenfrenado y lujurioso a una edad muy tierna, de ahí que la vida sin aquellos placeres le pareció un poco aburrido. Se había relacionado con muchos chicos escolares, acaso con un professor de matemáticas muy bien parecido y varonil, también otro muy afeminado de la literatura clásica que le escribió y mandó poemas románticas sin cesar. Sin embargo nunca se había enamorado de ninguno de ellos. ¡Ay de ese pobre muchacho rico!

Poco a poco se dieron cuenta él y sus compinches que pertenecían al «tercer bando,» como se decía en aquel entonces.

Mientras Gustavo Puccinelli disponía de su tiempo alardeando de su posición social y se rodeaba de otras personas adineradas y opulentas, Diego Del Toro sufrió como escuincle desplazado por el sistema corrompido en el país, y desamparado a causa de su orfandad. Sin tener hogar después de la muerte de sus padres pues caminaba descalzo por el campo sin rumbo.

Había tantos chamacos desvalidos en la época antes de la reconstrucción: niños cojos, mancos, heridos y enfermizos que nadaban contra un corriente muy superior a ellos. Aplastados por sus circunstancias, esperaban en vano que alguien les arrojara una salvavidas.

Diego había hecho lo único que pudo. El sabía de sobra lo que fue tener que habitar potreros baldíos, caserones abandonados, parques y campos poco concurridos ----es decir, cualquier guarida improvisada---. Tenía que recuperarse repetidas veces de la aninación, buscando mendrugos de pan, recogiendo fruta podrida y agarrando verduras pisoteadas de las calles empedradas así como los costados de los caminos. No le fue posible bañarse a menudo y siempre estaba maloliente y sucio.

En el presupuesto nacional bajo la dictadura no existía lugar para servicios sociales. En cuanto a los hospitales, sanitorios, casas de huéspuedes para los ancianos y asilos para los huérfanos, Aquitania contaba entre los países menos desarollados. Además de esa injusticia no había planes para construir nuevos edificios en ningún sector de la salud pública, pero sí se construyeron comisarías modernas y se renovaron las cárceles mayores, no mencionando a los campos laborales u otros sitios de castigo y brutalidad para los desafortunados.

Cuando el gobierno desencadenó la crisis que afectó miles de niños desamparados, las organizaciones de caridad y, sobre todo, las iglesias tuvieron que ayudar. Lo hicieron de una manera gigantesca y extraordinaria. Si no fuera por su bondad y los sacrificios que hicieron para acomodar un montón de huérfanos, ¿quién sabe qué hubiera sido de ellos?

El monasterio de Santa Eufemia de los Lagos abrió sus brazos a recibir la gran cantidad de muchachos que llegaron a sus puertas. Los monjes regocijaron plenamente no sólo por el placer de enseñarles a esos chamacos temerosos e inocentes, sino también para jugar con ellos.

Lamentablemente los juegos no habían sido siempre muy sanos. Solamente después de varios años se enteraron las autoridades gubernamentales acerca de esos malhechores.

En una sesión a puerta cerrada en la ciudad capitalina:

---Los monasterios del país, sobre todo Santa Eufemia de los Lagos, se han convertido en foco de chismes y habladurías ---declaró un juez en el Palacio de Justicia del nuevo régimen liberal---. Son unos sucesos desalentadores que traen vergüenza a nuestra patria, gracias a las tonterías de la dictadura que se derrotó.

---Los hermanos del monasterio no tienen por qué avergonzarse ---respondió un abogado, tartamudeando y con la voz gangosa en defensa de los monjes acusados del abuso de varios muchachos a cargo a ellos---. Es que no quisiéramos hacer un escándolo cuando no haya evidencia concreta en contra de estos buenos hermanos. Después de todo, son ejemplos del buen catolicismo.

El juez principal tenía un gesto de asco.

---Me parece que usted está mintiendo descaradamente, Señor Abogado. Así no vamos a llegar a ninguna parte si no investigamos de arriba abajo lo que ocurrió en ese maldito lugar durante aquella época.

Como dijimos antes, la libertad del nuevo gobierno y la reconstrucción del país se había confundido con la anarquía y un tiempo desasosiego. Las investigaciones sobre los abusos en el monasterio lejano estaban en marcha. Sin tener a nadie para testificar y verificar cuántas veces les habían violado algunos monjes a los muchachos había sido casi imposible saber si era verdad o mentira. Obviamente todos los monjes confesaron todo a los sacerdotes, pero esos siervos de Dios no podían decir nada porque las reglas de su fe no lo permitieron.

¿Y los mismísimos muchachos? Era possible que los monjes y los sacerdotes les dijeran que se callasen, pero no se sabía por cierto.

Después de todo, en esta nueva época ya no se llamaba «el tercer bando» así porque todas ventanas de la libertad y los derechos humanos estaban abiertas de repente en el país. Puesto que había tantas leyes descabelladas e impropias bajo la dictadura, sucedió que los ciudadanos aquitanianos disfrutaron una nueva sociedad sin reglas definitivas en mayor o menor medida. Les impidió percatarse que su querida patria apenas estaba en naufragar.

Los años volaron y muchas personas que se

habían ido al extranjero durante la época de la dictadura empezaron a regresar a la tierra natal. Entre ellos vino Gustavo Puccinelli. Por capricho había pasado un tiempecito en los Estados Unidos y Francia, pero volvió de repente, declarándose aquitaniano por los cuatro costados.

Su papá acababa de cerrar algunos negocios lucrativos cuando su querido hijo llegó en el aeropuerto internacional. Era un evento que los noticieros anunciaron con todo entusiasmo y las pantallas televisivas mostraron con luces brillantes en la cara sonriente del joven dorado. Se veía acompañado de sus guardaespaldas y una escolta policial.

Cuando uno de los reporteros le preguntó:

---¿Qué piensa usted de unas cuantas casas de moda *haute couture* que adquirió su Señor Padre hace poco?--- el joven Gustavo se sorprendió y no dijo nada. El bochorno y el rubor de su rostro eran el colmo.

---Por el amor de Dios, ---susurró con cierta irritación--- apague las luces y córtese el micrófono cuanto antes.

---Y si estamos en vivo y en directo ---respondió el pobre reportero--- ¿qué quiere usted que yo haga?

Gustavo Puccinelli se enojó y quiso darle una cachetada al corresponsal asustado, pero éste dio un paso hacia atrás.

---Te digo que acabes con la transmisión en seguida, ¡imbécil!

---Gracias por habernos platicado tan de improviso, Señor Puccinelli, y bienvenido de nuevo a nuestra patria querida ---dijo el reportero desafortunado, todavía sonriendo para las cámaras.

Dentro de poco el joven Gustavo averiguó todo acerca de los asuntos comerciales y financieros que su padre había completado durante los últimos días.

---Me muero de tedio, Papá ---gimió el hijo---. Es tan aburrido pasar todo el tiempo gastando dinero. Te agradezco todo lo que has hecho por mí. Te felicito también tus nuevos negocios estupendos. Simplemente no sé qué voy a hacer con mi vida. He recorrido muchos países en búsqueda de la felicidad, pero no la encuentro en ninguna parte o con ninguna persona.

El padre se conmovió profundamente por las quejas de su hijo. Y la solución estaba al alcance de la mano.

---Tengo algo para aliviar el tedio ---afirmó---. Estoy seguro que te va a gustar un proyecto que diseñé contigo en mente. Se trata de una de las empresas de moda especialistas en ropa juvenil. Para estimular las ventas y ser reconocido en todo el mundo como el mayor exportador de *haute couture* para niños, han organizado una noche de gala con modelos de siete a catorce años de edad. Estará transmitida también en las emisoras radiales y televisivas del país. Será un orgullo sin igual para todos los aquitanianos. Te invito a tomar parte conmigo. El señor Aguirre de la agencia que repre-

Gustavo Puccinelli

senta la empresa nos consiguió boletos para el espectáculo. Nuestros asientos están en buen lugar para ver entrar y salir los jóvenes modelos. Comienza esta tarde a las seis. Todavía tienes tiempo más que suficiente para relajarte, bañarte y vestirte de formal. ¿Qué dices, hijo mío?

Por supuesto le encantó la idea de un espectáculo de moda. Tener que mirar a muchachos de esas edades salir a la pasarela le pareció ridículo. Seguía pensando así hasta que vio a Diego Del Toro por primera vez.

---Tráeme lápiz y papel ---le ordenó a su guardaespaldas---. Tengo que escribirle dos letras al señor Aguirre. ¡Date prisa, comemierda!

Capítulo 4   EL DIRIGENTE

La oficina del señor Aguirre era una mezcla de bodega y despacho. Siempre deseaba mantenerla limpia y cómoda porque la mayoría de su vida estaba encerrado dentro de esos cuatro paredes.

El hombre cuarentón ya estaba harto de trabajar tan duro. Eran jornadas de diez, doce o catorce horas seguidas. Sin embargo seguía siempre adelante. Gracias a sus esfuerzos no sólo durante la época de la dictadura sino también hoy día en el paraíso de la nueva libertad se había hecho una persona bien vinculado.

El señor Aguirre estaba adelantado de todo que pasaba y que iba a pasar en la nación. Se decía un modelo de cordura y se desempeñaba todo con cautela.

Aunque estuviera involucrado en muchos asuntos comerciales y financieros, su papel de representante de las casas de moda le agradó sobre todo lo demás. Siempre se esforzaba por no arrojar semillas en ninguna empresa que no produjera un resultado exitoso. Sus negocios con el viejo señor Puccinelli eran el cúspide de todo lo que anhelaba durante su vida profesional.

El momento más orgulloso de su larga carrera era cuando se ingresó a ser dirigente de los espectáculos más luminosos de la moda juvenil. Soñaba sin cesar con estar rodeado de escuincles de siete a trece años de edad. Nunca se habría pensado en los problemas que tuviera con un grupo de muchachitos huérfanos.

«Vienen del monasterio de Santa Eufemia de los Lagos,» se había reído para sus adentros. «Estaban bajo la custodia de los monjes. Todos deben ser rectos y portarse bien en vez de los mocosos que ni el pelo púbico tienen completo todavía.»

No se sintió ningún asomo de placer recordando su propia niñez en un asilo de caridad, de ahí que no le sorprendieron ni el desarollo de los abusos ni el escándalo actual decidido por los jueces en el Palacio de Justicia. Le sacaba de quicio que había abogados tracioneros y maquivélicos que defendiera gente tan malvada y estafadora. Parecía que hasta la fecha estaban ganando a favor de sus clientes. Todavía seguían con el proceso de una manera eficaz.

Hoy el dirigente no tenía mucho tiempo para reflexionarse. Se acordó de una cita con su sobrino, el joven Maclovio Casalinga. Y pensando en Santa Eufemia de los Lagos fue pura casualidad porque ese chico tan guapo e inteligente le había anunciado a su querido tío su decisión de ordenarse sacerdote. El señor Aguirre se puso confundido y hasta enfadado con el muchacho.

«¡Qué coraje tiene para sermonearme sobre la existencia y a la vez tirar su vida entera por estas tonterías! Después de todo el país ya no sufre la represión de la dictadura como en un pasado reciente.» Tantas pensamientos e ideas inundaron su mente antes de que llegara su sobrino.

---¡Por el amor de Dios! ---gritó tan pronto

como Maclovio entró por la puerta de su oficina---. No te entiendo, sobrino mío. Será un desperdicio juntarse a esos malvados y al mismo tiempo perderse en los vicios de aquel monasterio. Te ruego que me obedezcas y vuelvas a tu casa cuanto antes. El sacerdocio no es ningún lugar u oficio para ti.

---En primer lugar, tío ---insistió el chavo, medio enojado--- te pido que no tomes en vano el nombre de Nuestro Señor Celestial. Y en segundo lugar te diré que no hago mi decisión por capricho, sino por el amor en mi corazón por nuestra iglesia y la fe de todos los santos.

---Hay oportunidad de mudar de parecer ---respondió el dirigente, mirando con cierta inquietud la maleta desaliñada y la mochila llena a reventar de su sobrino---. Te llamo un taxi para recogerte. No necesitas arrastrar toda esa porquería cuando regreses a tu casa. Estoy seguro que tus compañeros de cuarto ya te echan de menos.

---Te digo que mi nuevo hogar es el monasterio de Santa Eufemia --afirmó con una actitud desafiante---. Y mis compañeros serán todos los hermanos monjes de ese lugar tan sagrado. Te iba a pedir que me condujeras a la estación de ferrocarriles pero me doy cuenta que ya no me apoyas.

El señor Aguirre se incorporó de golpe. Su ira en contra el disparate de su sobrino no conocía límite. Obviamente un joven tan inocente no tomaría en cuenta lo peligroso de aquel monasterio de tantas torpezas y mala fama. El dirigente tendría que adoptar una postura intransigente respecto al pobre Maclovio y poner las cartas en la mesa.

---Déjate ya de mariconadas ---gritó--- y escucha bien lo que te voy a decir. Si te ordenas sacerdote y te metes con los demás, a lo mejor te escondes en tu cuartito y cierras la puerta bajo siete llaves a lo largo de tu estancia allí. Créeme que te conviene buscar chamba como carnicero después de haber vivido sólo un día allí porque tendrás buen conocimiento de salchichas, en especial de las más largas que hay entre los machos. ¿Me hago entender?

El muchacho hizo una mueca de dolor y notó que se estaba sonrojando.

---Claro que te entiendo, tío querido ---afirmó--- pero no te creo. Sé que hay muchos rumores y los jueces tienen que escuchar testimonios e historias día tras día. Al fin y al cabo la verdad triunfará y van a probar sin asomo de discrepancia que los monjes son inocentes. Pienso estar con ellos en mi nuevo hogar para celebrar su victoria.

---No te engañes ---dijo el señor Aguirre de una manera más tierna---. No es sencillamente una batalla entre lo bueno y lo malo, sino una herida que crece y propaga con una intensidad feroz. Hay que quitarla lo más antes possible. Es puro veneno para la iglesia y sus creyentes. Les tengo mucha piedad.

Maclovio se frotó pensativamente el mentón.

---Si es verdad, tío ---comenzó--- y tú bien sabes que lo considero mentira, pues ¿no crees que será mejor que una persona como yo venga a tal lugar para sacarlo en limpio? Estoy capaz de hacer algo positivo.

El señor Aguirre se echó a reír. ---Eso es mucho pedir, sobrino. En cuanto a una tarea gigantesca como esa pues te va a costar un montón de esfuerzos. Te felicito y te digo que Dios te lo pague.

El dirigente se levantó de su silla y le ofreció la mano derecha al joven que se quedó pasmado.

---Quiere decir ---dijo Maclovio, sonriendo de oreja a oreja--- que me das tu bendición, tío Basilio. Me alegro más que nunca.

---Te equivocas, escuincle ---dijo el tío, meneando el dedo---. No es bendición, sino aviso. Eres mosca luchando contra la araña. Quizás sea inútil, quizás exitoso, sea lo que sea. Lleva tu maleta y espérame allá fuera en mi carro. Te voy a manejar a la estación para que no pierdas tu tren. Ahora bien, ¿dónde diablos estarán mis llaves?

---¡Ay, tío Basilio! ---dijo el joven asustado---. Ni me menciones ése tampoco.

Cápítulo 5   ENTRE SÍ

Diego y su mejor amigo Fernando se quedaron sentados en el lugar que el señor Aguirre les había señalado. Poco a poco la algarabia del espectáculo desapareció. Las luces estaban apagadas una tras otra y un silencio misterioso se instaló, a pesar de que fuera la misma soledad mezclada con la ansiedad que los dos muchachos y sus compañeros habían experimentado tantas veces antes.

---¿Por qué tienen que ser siempre asquerosos?

---¿O tan gordos?

---¿Acaso viejos y apestosos?

Los muchachos se echaron a reír, aunque fuera risa através de las lágrimas.

---Si fuéramos feos, quizás no nos tocarían, ¿verdad?

Diego se inclinó el rostro y se puso muy triste.

---Eso no tiene nada que ver, mano. Me imagino que no les importa, tal como seamos puros chiquitos. ¡Es la cosa!

---Ojalá y que esta vez nadie se fije en mí ---suspiró Fernando---. Cierto que a causa de tus travesuras esta noche con ese saco, la camisa abierta y la falta de corbata todos te van a acudir como las palomillas a la llama.

---Mis travesuras exitosas ---lo corregió Diego---. Forman parte de mi nueva actitud de altivez.

---¿Altivez? ---le preguntó Fernando, mirándolo asombroso---. Me parece que algún día esa altivez te hará caer en la trampa.

Mientras charlaron los dos chamacos el señor Aguirre abrió la puerta de sopetón y asomó la cabeza. Les hizo a los dos parlachines una seña con el dedo sobre los labios que guadaran silencio. Los caballeros estaban precisamente para llegar y no quería nada de chismes. Aunque a estos señores adinerados sí les importara meterse en líos con menores, sabían bien que las autoridades todavía hicieron la vista gorda con todo referente a ellos. De todas maneras había dos cosas que tenían que prevelar: una actitud prudente y un ambiente de discreción. Y el dirigente estuvo atento a las necesidades así como a los caprichos de los dueños de las grandes casas de moda en Aquitania.

---Quisiera que los dos se callasen antes de que lleguen los caballeros ---afirmó---. De modo que no se descuelguen con una estupidez. Corran la voz a los demás también. A poco están listos después de cambiarse.

---¿Por qué tienen que cambiarse?

---¡Ay, chico! Ya te expliqué mil veces o más que ellos no tienen ese «algo» de ustedes y necesitan un poco de ayuda, ¿ves?

---Ya caigo.

Diego y Fernando se dieron cuenta de lo que el dirigente quiso decir. Menos que nadie el señor Aguirre no anduvo por las ramas en cuanto a los atributos de cada uno de sus chiquitos. Además de pasar sus días con la cabeza agachada sobre los papeles, documentos y contractos referente a sus negocios, tomó el tiempo para averiguar todo lo que fuera posible acerca de los dueños de las famosas casas de moda, y sobre todo de sus tendencias sexuales. Nunca se avergonzó de hacer mil preguntas a un cliente acerca de sus «melindres» para puntualizarlos.

En cuanto a Fernandito, pues el dirigente estaba pensando muchísimo y sugeriendo cosas raras durante los últimos días. Sus planes para él le había preocupado tanto al muchacho pelirrojo que rabió por decirselo a Diego mientras esperaban la llegada de los señores.

---Tengo miedo ---confesó alborotándose---. Ese tipo calvo, el viejito Llach, siempre ha sido no más que juguetón conmigo. Me dijo que con todas mis pecas lo recuerdo de un niño chiquito. Mejor dicho, un bebito.

---¿Entonces qué? No hay nada malo en eso.

---¡Te crees tú eso! Pues fíjate que hacer el papel de bebé según él ahora se trata de ponerme talco y cambiarme el pañal, no mencionando al pipi y a la caca que quiere saborear.

---¡Imagínate!

---Que más quisiera yo imaginarmelo, pero lamentablemente es verdad. El señor Aguirre me dijo que tuviera que cumplir con los requisitos de los caballeros ricos. De modo que el señor Llach es uno de ellos, quizás el más rico de todos y el más exigente.

---¿Por cuál razón le ocurrió a ese repugnante Llach meterse en jueguitos infantiles con un adolsecente como tú?

---¿No le da vergüenza a ese comemierda?

---Por lo menos ---se quejó Fernando con amargura--- el viejo asqueroso desea obsequiarme un corralito, un biberón, un chupete de plata y tal vez una cuna portátil para colmo.

---Para colmo de desgracias, dices tú.

---La verdadera desgracia es lo que piensa hacer conmigo después de que yo cague en mis pañales. De eso me asusto más que nada.

---¿Te ayudo a escapar? ---preguntó Diego en serio---. Tienes tiempo. Todavía no ha llegado ese anciano que es más seco que una mojama.

---No te mereces una bronca haciéndomelo así.

---¡No te apures! ---le aseguró el chico dorado---. No me va a pasar nada. Ya verás.

---Además de su obvia vejez, lo dudo si le queda una polla suficiente amplia o dura para poder cogerme.

---Y con certeza ya no hay nada entre sus piernas para chupar.

Los dos se rieron de carcajadas pero se callaron de repente también, dándose cuenta que dirigente podría pegarles la oreja y se enojaría de sus chismes y burlas a costa de los señores dueños.

Después de todo, el juego con los pañales no era nada peor o más peligroso que las otras quisquillos y caprichos de esos hombres ricos y poderosos.

El pobre Luisito, por ejemplo, se le había prendado algún don Fulano capitalino. A pesar de ser millonario, era sobrepesante y feo. Siempre llevaba sacos raídos y arrugados de un inverosímil gris verdoso semejante a vómito no muy colorido.

---Supongo que escapar es nada más que un ilusión fugaz ---logró decir Diego---. Sin embargo seguiré soñando con la idea.

---Luisito me dijo que ese tipo fuma puros baratos y apestosos ---explicó Fernando--- y sigue masticando un habano rechocho en toda ocasión.

---Según él ---añadió Diego--- ése tiene mal aliento con fragancia a cebolla y ajo así como los dedos amarillos y las uñas sucias por la nicotina.

En ese momento Luisito, el más desventurado e inocente, apareció en el cuarto donde estaban sentados Diego y Fernando. Estaba vestido de un traje clásico de los estudiantes británicos de Eton, un tamaño demasiado pequeño para él y severamente apretado. También tieso era el pantalón corto que llevó con su tejido plisado, complementado con una camisa blanca de cuello plano con puntas redondas, medias largas y unos zapatitos negros lustrosos como charol. En la cabeza lo pusieron un sombrero de molinete y en la mano derecha agarró una piruleta gigante de muchos colores brillantes.

---¡Otra vez! ---dijo gimiendo---. Ya sé que ese ratón sucio me va hacer cosquillas hasta que lo pida chillando que se pare. De ahí se me apodó su «consentido».

---Así me dice ese encabronado Llach también a mí ---declaró Fernando.

---¡Ave María! Estos son malos tratos. ¿Cómo se atreva?

---Es sencillo ---dijo Luisito, fruciendo el entrecejo---. Rienda suelta. Nos pueden hacer lo que les dé la gana.

---Por lo menos no tienes que ni tragar su lefa ni soportarlo chupándotela.

---¡Vete al carajo! ---gritó «el consentido»---. No soy ningún maricón.

---Ni nosotros tampoco ---replicó Fernando, entrecerrando los ojos---. Esos cabrones desgraciados no tienen derecho de vivir en la misma tierra que tú y yo, ¿verdad?

---¡No des el coñazo! Que se jodan los maricones, ¿no es así, Dieguito?

---Es verdad ---contestó, sólo a regañadientes---. Basta decirte que no somos así y no seremos jamás. ¿Qué más te da?

En realidad le molestó el comentario de los dos. Aún en el asilo de huérfanos bajo la tutela de los monjes sus sentimientos e impulsos eran distintos. Quizás un día de éstos vayan a hablar de sus caprichos (los «melindres», como solía decir el señor Aguirre) y sus niveles de excitación. Por lo tanto no oyó el ciudadano típico aquitaniano más que las historias con detalles escabrosos que se revelaron cada día en el Palacio de Justicia: los monjes guapos y cachondos que se estuvieron toqueteando; las mamadas y cogidas en el comedor escolar así como en los santuarios y dormitorios ocupados por los hermanos y los titulares; etcétera...

Si solo supieran del comportamiento tan estrafalario de esos hombres ricachos y poderosos que ganaban millones y maltrataban a sus huérfanos esclavitos como una propriedad, pues se olvidarían completamente de los monjes y toda esa porquería que sucedió en Santa Eufemia de los Lagos. El obsequiar de un niño inocente como galardón por haber comprado y gastado tanto dinero en la industria de la confección era una mezcla de delito y pecado. Los señores Aguirre, Llach, Dudamel, Puccinelli y los demás apellidos lo negaron, encogiéndose de hombros.

Diego se rascó la cabeza y se le ocurrió algo diabólico y mañoso.

---Saben, mis cuates ---empezó con sus ojos abiertos--- que en este caso hay que pagar con la misma moneda. He oído hablar que esos malvados no tienen ni familiares ni parientes a los que les convenga dejar sus inmensas fortunas cuando se mueran. Si nos portamos bien y hacemos todo lo que quieren, pues no cabe duda que nos van a dejar todo su dineral. ¿Qué les parece?

Fernando lo miró perplejo y negó con la cabeza.

---Si crees tú en los cuentos de hadas o puros milagros ---afirmó--- pues bien dicho, pero efectivamente somo sus esclavos y siempre seremos así.

Mientras tanto le trajeron a Diego un recadito que el dirigente ya arregló una cita para él con otro don Mengano desconocido. Lo único que supo el muchacho acerca de ese admirador nuevo era que regresó hace poco a su país natal después de una larga ausencia en el extranjero, además de ser rico y soltero. El chavo se puso nervioso y de repente se arrojó en los brazos de su amigo Fernando.

¿Qué coño tienes tú, chico dorado? ---preguntó Luisito, juntándose al igual a Diego y Fernando en un gran abrazo colectivo.

---¡Cállate! ---le murmuró Fernando, mostrándose azorado---. No le pasa nada ni siquiera tiene miedo de aquellos cabrones. No es tan fiero el león como lo pintan.

Soltándose y regresando cada uno a sus esquinas respectivas para seguir esperando las instrucciones del dirigente, Luisito se echó a llorar.

---Nunca me vuelvo maricón ---murmuró para sí entre sus lágrimas y sollozos---. Te lo juro por Dios.

El señor Aguirre apareció de nuevo en ese mismo momento.

---Ahora bien, chicos --- comenzó--- escuchen bien que no lo voy a repetir. Tú Luisito, te quedas aquí junto a Tomás, Rogelio, Esteban, Manolo y Ricardo, Los caballeros los van a visitar a cada uno de ustedes en sus propios cuartos. Será más que suficiente para que se diviertan.

Sus ojos verdes se fijaron en el pobre Luisito sin desviar su mirada un ápice, Al muchacho le arrancó una pequeña sonrisa sin decirle nada.

A continuación su atención reparó en Fernando y Diego en especial. Se relamió los labios y sonrió.

---Tú Fernando, ---dijo casi risueño--- te voy a manejar en mi carro a la Torre Aquitaniana, o sea «*Belvedère*», en el mero corazón de la ciudad. Es uno de los rascacielos que has visto mil veces o más durante tu vida tan corta. El señor Llach te espera allí y tiene listo tu ajuar de lujo en su ático del piso más alto con vistas maravillosas. Me dijo que es tan chulo que te va a encantar.

Le pidió a Fernando que lo siguiera al garaje y se volvió a Diego para darle unas instrucciones muy importantes antes de que se fuera.

---En cuanto a ti, Diego, espera aquí hasta que el chofer del joven Gustavo Puccinelli llegue para recogerte en su Rolls Royce.

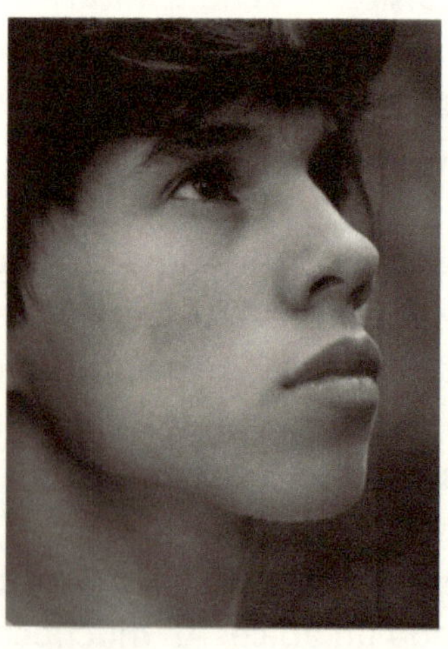

Capítulo 6 EPISODIOS

El joven rico y guapo se encargó de una cena amplia «*à deux*» para él y el nuevo objecto de su admiración. Estaba cien por ciento seguro que a un escuincle como ese Diego le gustaba comer. Sin duda tendría una hambre tremenda después del espectáculo tan largo y brillante en el cual lució con más chispa que cualquier otro muchacho que había visto jamás por el mundo entero.

Gustavo Puccinelli guardó muchos recuerdos de sus numerosas conquistas. En su memoria volaron los rostros de un montón de jóvenes de todos los tamaños. Eran de razas diferentes, nacionalidades distintas y culturas ajenas. En su mente percibió el sonido de cualquier cantidad de idiomas y acentos: una verdadera Torre de Babel. Las voces podrían ser altas y resonantes; a lo mejor, bajas y tiernas.

Por primera vez desde su llegada en Crisanto el hijo pródigo se acordó de los ojos de ensueño, los labios mojados, las manos fuertes, las piernas torneadas y delgadas así como los pies bien formados de sus amantes. Se entusiasmó muchísimo pensando en los besos calientes «à la francesa», las caricias amorosas, el intercambio de palabras románticas, los suspiros eróticos e inolvidables mezclados con centenares de gemidos sensuales de placer y satisfacción.

---No hay cosa más agradable en la vida que una verga dura y creciente ---dijo Gustavo para sí mientras daba los últimos toques a la mesa de banquete que crujía bajo el peso de un gran surtido de exquisteces.

---Me parece que el muchacho es bastante sofisticado ---le explicó a su ayuda de cámara---. La manera que salió esta noche a la pasarela con su saco desabotonado, su camisa abierta y suelta así como su cabello medio despeinado me mostró que sabe cuántas son cinco. Supongo que no habrá nada malo si empezamos con una botella de champaña «*brut*» acompañado de un poquito de caviar ruso exquisito.

Bartolomeo, su siervo fiel, lo conoció bien y estaba siempre adelantado de los caprichos de su patrón. Raras veces lo había visto a ese nivel de excitación y tan estremecido de la emoción. Sospechaba que el muchacho que lo iba a visitar y posiblemente velar toda la noche aquí en la mansión era alguien muy excepcional.

Además de ser menor de edad.

+ + + + + +

Maclovio Casalinga había contado que el viaje a Santa Eufemia de los Lagos iba a ser largo y cansadero. De todas maneras estaba tan lleno de entusiasmo por esta nueva aventura que los lados negativos no lo desconcertaron nada. Tenía tantas ganas de conocer un mundo fuera de la gran ciudad metropolitana donde había vivido desde su infancia.

No cabe duda que Crisanto lo tenía todo, pero el joven que ahora quería ordenarse sacerdote se dio cuenta de que existieron muchas más posibilidades lejanas a la sombra de los rascacielos y las luces deslumbradoras de su sitio natal.

Se había formado un gran gentío en la sala de espera de la estación de ferrocarriles. Maclovio ignoró a la gente así como al inmenso ruido a su alrededor y disfrutó de la gloria ajena de haber logrado algo significante e importante en su vida, algo que le permitiría desarollar su potencial y rendirlo como se debió. El sacerdocio era siempre la única cosa de la cual tenía anhelo. Servir al Altísimo era su principio y su fin. No hubo campo en su corazón ni en su alma para cualquier otro.

Sin embargo, Maclovio anticipaba con placer juntarse a los hermanos monjes y compartir el amor del Padre Celestial y la devoción a la iglesia con ellos, unos hombres con ideas afines y de un mismo sentir como él. Apenas no conseguía entender las novedades emitidas cada día desde el Palacio de Justicia acerca del monasterio, mucho menos los chismes. Movió la cabeza con un gesto incrédulo al echar un ojo a los enormes titulares que le saltaban a la vista del quiosco cercano a la vía número ocho. De ese andén su tren estuvo a punto de salir.

Rumbo a la ciudad sagrada el viaje le resultó muy agradable. El sol de esta tarde en abril brillaba fuerte y claro sobre el paisaje tan pintoresco. Maclovio se asombró por todo y no apartó su mirada ni un segundito de las maravillas que se vieron por las ventanas bastante sucias del trenecito. Puesto que la ruta a Santa Eufemia de los Lagos era larga e iba a tardar más de cuatro horas, pues había escalas en varios lugares: Ciudad Pasaruelo, Puerto Mofonguera y, como último, Diagonalópolis.

El joven se confundió en cuanto les vio salir a todos los pasajeros de su carro. Armándose de valor para averiguar lo que sucedió, un hombre viejito le abordó y sonrió amablemente, aunque en su boca ya no tenía diente alguno.

---¿En què puedo servirle? ---preguntó ceceando---. ¿Está usted perdido?

---No estoy seguro, señor ---contestó Maclovio, manipulando su equipaje con dificultad, ya que esperaba que un portero le ayudara---. Creí que estábamos en Santa Eufemia de los Lagos. Quizás me equivoque.

---¡Ah! ---dijó el viejito, caminando con paso vacilante hacia la salida de la estación---. Usted tendrá que tomar el colectivo que va a la aldea de Juchitorín. Tiene escala en Santa Eufemia.

---¿Cuánto tiempo se lleva para llegar?

---Una hora y media, hijo mío, no más. ¿Acaso conoce usted a alguien allí?

---Voy al monasterio.

El viejito le lanzó una mirada de sorpresa. De repente hizo la señal de la cruz.

---¡Fíjese usted! Es un sitio lleno de maldición. Le ruego que no vaya por allí. Se lo va a arrepentir.

Maclovio se puso enojado. Quería regañarle al viejito a causa de estas palabras mentirosas. Para él no había en eso ni pizca de verdad. Este señor había claramente dicho algo que le indignó, pero mejor sería callarse esta vez.

---No se preocupe, señor ---le aseguró---. No tengo malas intenciones. Se lo agradezco.

Maclovio se despidió del señor viejito y éste se paró allí con su bastón, negando con la cabeza. Mientras tanto el joven encontró el colectivo para Juchitorín. Empujando su maleta en un compartamento de arriba, dijo al chofer que le avisara cuando llegasen a Santa Eufemia. Tanto el chofer como algunos pasajeros ya sentados dentro del colectivo se miraron el uno al otro y intercambiaron uno u otro guiño cómplice. Era mejor que Maclovio no se diera cuenta de eso.

+ + + + + +

---Ahora bien, mi consentido, te voy a contar la historia de mi vida para que me conozcas por completo.

---Pero ¿por qué, señor Llach? No me interesa nada. Prefiero largarme de aquí cuanto antes.

---¡Ay, mi consentido querido! Eso es precisamente lo que quiero evitar. Tu insolencia no me gusta. Efectivamente tengo un librito para apuntar todas las veces cuando te pongas descarado conmigo. Diciéndome «pero» todo el tiempo no te conviene. Ya veràs, bebito mío.

---¿Qué diablos clase de librito?

---Mayormente es un librito lleno de cariño para contigo. Apunto con muchos detalles muy coloridos toda ocasión cuando utilices tus pañales a sus «fines previstos», digamos.

---Quiere decir, llenándolos con mis meados calurosos y mis cagadas blandas.

---Y a veces tu lefa cremosa y sabrosísima, mi consentido.

---¡Bah! Usted me da asco. Quiero irme en seguida.

---Te ruego que permanezcas aquí conmigo un tiempecito. No sabes cuánto te aprecio, amorcito mío. Eres tan chulo y gracioso. Ya sé que me consideras seco como una mojama con mis apenas noventa años de edad, pero por favorcito quédate no más un ratito aquí conmigo. No hay que fiarse en las apariencias.

---Pues bien. Cuénteme su historia si quiere. Prometo escuchar con interés y no bostezar.

---Me alegro, escuincle mío. Se trata de un niño muy semejante a ti excepto al pelo rojo y tu montón de pecas incontables. Durante mi niñez era muy neurótico y totalmente lleno de complejos. En fin, obsesivo. Mis padres se preocuparon mucho de mí. Los tres hicimos un viaje muy largo en tren desde nuestro hogar en Orihuela a la gran ciudad imperial que es Viena en Austria. El famoso psiquíatra Freud se interesó de mí y quería conocerme en persona.

Pasé mucho tiempo en su consultorio hasta que tuvieran él y su familia que huir delante de las tropas alemanes que llegaron para ocupar el país. Tuvieran que sufrir persecución bajo los nazis si se hubieran quedado en Austria, como te puedes imaginar.

---La persecución de los judíos no es nada malo ---dijo Fernando, frunciendo el ceño---. Después de todo, ellos asesinaron a Cristo, ¿no es así?

---Te equivocas, mi consentido. Un día de éstos te lo explicaré. Por ahora sigue escuchando mi historia, si eres tan amable.

---Prometo ser todo oídos. Siga, por favorcito.

---Bueno, después de haberme escudriñado através de muchos meses, y no sólo el doctor Freud sino también un conjunto de especialistas y algunos estudiantes universitarios, todos estaban de acuerdo: padezco de una inconfundible e inigualable fijación de mi ñonga y mi ojete. Soy un caso clásico, según dicen todos los expertos.

---¡Obvio! Me lo suponía.

---¿Verdad que no vas a pensar mal de mí por esto?

---No le guardo rencor, señor Llach. Al contrario, tengo piedad por usted.

---No seas así, mi muchachito. Ahora entiendes mejor que nadie por qué me encanta la idea de saborear tus pañales bien llenos. Mi nariz apretada contra esa tela me lleva a un nivel de excitación sobresaliente. Tus expulsiones son como el paraíso para mí.

---Pero para mí es asqueroso y me lleva a un nivel espeluznante.

---Bueno, ¿a santo de qué dijiste eso? Si te quedas conmigo y te portas bien, tengo sorpresas buenas y agradables para tí.

---No me vas a tener camelado para que haga su voluntad, señor Llach. Usted me asusta.

---De nada sirve preocuparte ni enfadarte, bebito. Pienso encargarme de tu bienestar material así como emocional. No te arrepentirás, te lo juro.

---¿Cómo puede ser, señor Llach?

---¡A ver!

Capítulo 7   LA CITA

Diego estaba totalmente consumido por este mundo lujoso y seductor en el cual estaba entrando en este momento. El simbólico carro británico de último modelo que vino para recogerlo y el chofer sonriente uniformado de pies a cabeza de cuero marrón que lo saludó con cortesía y ostentación lo impresionaron muchísimo.

---Me llamo Maximiliano ---le dijo el veinteañero güero y muy bien parecido---. Tengo el honor y el privilegio de conducirlo a Lomas de San Agustín donde vive mi jefe en todo su esplandor. Si me permite, dígame, ¿con quién tengo el placer de este asunto tan ostentoso?

Al Diego le tenía confundido y se le echó una mirada sumamente distraída.

---¡Acabe con todas esas palabrejas que yo no entiendo! ---dijo gimiendo---. ¡Hable en cristiano!

El chofer soltó una risita. Se quitó la gorra y comenzó a hablar de nuevo, esta vez con más claridad y sencillez.

---Disculpe. Sólo quisiera saber ---dijo él--- ¿cuàl es su nombre?

---¡Oh! ---dio un suspiro de alivio---. Me llamo Diego Del Toro, servidor. Mucho gusto. A propósito, usted me puede tutear si quiere.

---Y tú igual conmigo, Diego. Encantado de conocerte. ¡Vámonos en seguida!

Sentado en los asientos cómodos y viendo un

surtido de aparatos para cambiar el sistema de calefacción y aire acondicionado de la parte trasera (en esta noche de abril escogió el ajuste más fresco porque hacía calor) se hizo sentir más bien recibido que nunca. El viaje a la mansión del joven Gustavo Puccinelli era corto, no más de quince minutos, pero para el chavo Diego le pareció una eternidad tan hermosa e inolvidable. Deseaba que jamás se terminara, era tan agradable poder relajarse en un vehículo lujoso después de sus aventuras en la pasarela así como las numerosas preocupaciones acerca de ese caballero desconocido.

El señor Aguirre le había contado muchas historias sobre el viejo señor Puccinelli y su famosa casa de moda en Crisanto. Diego se acordó de las varias ciudades mundiales en donde estaban ubicados sucursales de *Maison Puccinelli*. Sus creaciones habían alcanzado el cúspide del éxito en la alta moda. Su estilo de vivir y gozar de sus triunfos era un testimonio a todos los aquitanianos: este país sí tenia algo que ofrecerle al mundo entero, algo «*chic*» y «*au courant*» como no se encontró en cualquier otro rincón.

Para un chamaco tan joven y pobre como Diego que no solía leer ni los periódicos ni las revistas de su país natal y no seguía la vida social, pues no tenía ningunas impresiones en antelación referente a la persona que estaba para conocer por primera vez. Suponía que era como los demás con quienes el señor Aguirre hacía sus negocios y asuntos comerciales: acaso viejos, a menudo feos, a veces repugnantes y lascivos o, peor que cualquier otra cosa, sucios y apestosos. Que supiera él, la cita de esta noche sería lamentablemente como de costumbre, no obstante al lujo que lo rodeaba e impresionaba tanto desde su llegada aquí en este mini-palacio detrás de una puerta dorada.

La primera persona que lo recibió dentro de la mansión fue el inquietante Bartolomeo, fiel siervo y ayuda de cámara en la casa del joven rico, guapo y soltero. Lo miró con sospecha ya que su ropa estaba todavía desarreglado y sus cabellos apenas despeinados como lo quería verlo su patrón. Los «invitados» de Gustavo Puccinelli siempre se vistieron bien y por lo menos aparecieron con un mínimo de embellicimiento y aseo, pero ¿este chamaco gamberro? Lo observó también mirando con asombro todo lo que rodeaba como si jamás hubiera frecuentado un lugar tan opulento.

---No toques nada--- lo apuntó, agitando el dedo---. Ni intentes a robar. No quiero que te escandalices. Ésta es una de las casas de mayor distinción en la ciudad capital. No nos hemos acostumbrado a recibir a ladrones, a pesar de que sean de tu edad. ¿Me hago entender, escuincle?

A Diego le disgustó que este señor (todavía no era consciente de que exactamente *quién* sería él) tuviera que hablarle de una manera tan gruesa y hasta regañarle antes de que sucediera algo o nada. Era demasiado injusto.

En vez de enfadarse, Diego estaba listo para desplegar todos sus encantos. Se alisó un poquito el pelo, retirándolo de la frente, ajustó su saco y abotonó la camisa. Se puso derecho con la espalda erguida y tuvo cierto aire aristocrático (por supuesto todo eso formó parte de su nueva actitud de altivez, como él diría). Le impresionó de una manera distinguible a Bartolomeo sin haberle dicho una sola palabra.

---Te confieso que tu traje tiene descaro ---logró decir el siervo, sonriendo con picardía---. Seguro que a mi patrón le va a encantar. Ven conmigo, muchacho, mi jefe te espera en la sala grande. Allí tiene preparada una cena magnífica y algo bueno para beber.

Diego se rió para sus adentros ya que el traje que este individuo mal encarado admiró tanto vino de la mismísima *Maison Puccinelli* cuyo miembro de la familia estaba para conocer por primera vez en su propio terreno. ¡Que chistoso!

Antes de despedirse del siervo, Diego se atrevó a decir algunas cosas para que este señor supiera que él iba a dejar atado y bien atado este asunto.

---Tenga la bondad de ya no tutearme a mí, estimado señor ---refunfuñó---. ¡Qué modales son ésos! Sea un ejemplo de buen comportamiento a seguir. Un niñato como yo se lo agradece.

Y pasó por la puerta con los ojos cerrados, adelantándose a Bartolomeo. El siervo le dejó entrar y se calló, aturdido.

El aspecto de la sala grande fue llamativo. Por todas partes había cosas de sumo valor: pinturas, dibujos y retratos colgados cuidadosamente en las paredes que tuvieron apariencia de mamparas oscuras. (De hecho, fueron revistidas de chapa de nogal fino.) Por todo el espacio se veían cualquier cantidad de estatuas de mármol, una figuras ligeras de seda y marfil, jarras y recipientes de porcelana, animalitos suntuosamente decorados con perlas, rubíes, zafiros, esmeraldas y hasta diamantes. En una esquina cantaba serenamente un pájaro exótico, enjaulado en una casita dorada.

Sobre las mesas clásicas con acabado en roble y madera de cerezo se encontraron docenas de chucherías costosas así como fotos de alguna época antigua y benditamente pasada. A Diego se las hizo estremecer porque las damas se parecieron gravemente puritanas y antipáticas, mientras los hombres (¿sus maridos? ¿hermanos?) sonreían como si se creyeran la divina garza, sin huellas de felicidad o regocijo. (¿Podría ser que en aquel entonces no existían ni la amistad ni la bondad entre los seres humanos?)

Los estantes, repisas y escaparates estaban llenos de tantas otras cosas que Diego no podía identificar fácilmente, salvo de que brillaban con el lustre de oro y cristal. Con razón afirmó el chofer Maximiliano que su jefe vivía en todo esplandor.

La mesa grande llena de platos de varios tamaños, utensílios de plata esterlina, vasos, copas y un surtido de comida le llamó a Diego mayormente la atención. Cuando por fin entró el joven caballero rico y guapo con su traje formal y elegante de terciopelo negro, una camisa de olanes de color blanco fosforescente con botones de perla y mancuernillas doradas, la añadidura de una corbata al estilo pajarita, además de su rostro tallado y orgulloso por todo atuendo, los ojos de Diego se fijaron en él y su corazón dio un brinco.

Gustavo lo saludó con la cabeza sin dirigirle palabra, intentando formarse un juicio de él y fijándose con ojos de ensoñación. Al querer abrir una amplia botella verde con una etiqueta dorada que se quitó de un balde plateado, soltó el tapón con un ruidoso ¡pum!

El joven vertió un líquido amarillo y espumante en una copita flauta de cristal y después en otra, ofreciéndole una de ellas a Diego. A la vez le mostró con el dedo índice una tal sopera gigantesca amontada de gotitas negruzcas y viscosas que se olían de pescado y agua perfumada. Al lado de esas extrañas perlas negras se encontró una bandeja grande con galletas y pedacitos de pan artesanal.

---Bienvenido a Lomas de San Agustín ---logró decir el joven guapo---. He tenido muchas ganas de conocerte desde que te vi durante el espectáculo. Por fin se cumplió mi deseo de invitarte a ésta, tu casa, para pasar unos momentos agradables e inolvidables conmigo. Espero que nos conozcamos cada vez mejor y que vuelvas siempre, mi príncipe.

Por favor, tenme al tanto si necesitas algo. ¡Ordéname, y tu voluntad será servida!

Por primera vez en su vida (corta como fuera) Diego quiso decir algo pero no pudo. Tuvo tal nudo en la garganta que no dijo ni un chistar.

---Levantemos nuestras copas y brindemos a la amistad y el afecto entre tú y yo, mi becerrito --- añadió Gustavo, sonriendo de oreja a oreja---. No tengas miedo, mi amorcito. No se lo voy a decir a nadie. Ahí tienes tu primera bebida alcohólica para tomar y gozar en esta ocasión sumamente especial.

Antes de que saliera cada una de esas palabras de la boca del joven anfitrión, Diego tragó de un tirón el contenido entero de la copa, no creyendo que hubiera una tremenda diferencia entre el champán y un refresco igualmente espumante como una naranjada. Después de todo, las puras burbujas eran todas las mismas a pesar de donde vinieran, ¿verdad?

---¡Ah! ---dijo risueño el joven rico---. Veo que ahí tenemos a un verdadero campeón. Te ofrezco otra copa con todo placer para que saborees todo lo bueno que venga de esa uvita traviesa que se llama «champaña». Es francesa y se dice refrescante. Además de tu segunda copa, mi pequeño campeón, tal vez te guste probar una galleta con el caviar sabrosísimo del Astracán. Si no mal recuerdo, es un puerto que está ubicado a orillas del Mar Negro. Sin lugar a dudas es difícil de importar, pero toqué todos los resortes para conseguirme una cantidad amplia sin que se dieran cuenta en la oficina de la aduana. Los ricos somos capazes de todo, hasta milagros. ¿Qué te parece, enanito mío?

Dadas otras circunstancias Diego le sacaría plenamente de quicio que lo dijeran «principe», «becerrito» o ese asqueroso «enanito». En su mente revuelto en ese momento se acordó de esos mismos «piropos» que solía utilizar el señor Aguirre para con él y sus amiguitos modelos. Encontrándose en un estorno elegante y artístico como este mini-palacio junto a un joven rico y guapo que lo tuteaba sin haber conseguido permiso (¡como si fuera su derecho!) y dándose cuenta de su rango social (efectivamente se sintió como una basurita rara e insignificante que llevó el aire por dondequiera que fuese), de repente se le empañaron los ojos de lágrimas. Al mismo tiempo le dolía la cabeza y no pudo pensar con claridad. El sabor de ese líquido amarillo vertido de la botella verde se quemó la lengua.

Sobre todo esas negras perlitas amontadas en la sopera plateada lo asustaron más que nada. En su embriaguez mezclada con su imaginación las miró como un montón de bichos envenenados que iban a amenazar el mundo civilizado. Ahora eran chiquitos, pero según él pensaron crecer hasta que fueran enormes. Los podía ver marchando hacia la ciudad y enjambrando todas las calles principales de Crisanto. ¡Qué fracaso!

Diego se quedó atónito en medio de la sala

grande. ¿Acaso no dijo el joven caballero que esas perlitas que iban a devolver bichos grandotes vinieron del Mar Negro? ¡Aún más espantoso a pensar!

Se hizo girar y deslizarse en un estilo atrevido y desenfrenado por la sala grande como si estuviera bajo un malvado embrujo de lo cual nadie podía liberarlo.

---¡Cuidado, escuincle, que vas a volcar el escaparate! ---gritó Gustavo, cubriéndose los ojos.

Con gran estrépito se cayó dicho escaparate con sus puertitas y ventanitas totalmente convertidas en un montón de cristalera, no mencionando a las chucherías de sumo valor que volaron por acá y allá, causando aún mas daño.

Diego no pensó que el hijo de un millonario iba a preocuparse demasiado de un escaparate lleno de figurinas. Después de todo, la sala estaba rebosante de muchas cosas, entonces ¿qué?

Desafortunadamente estaba muy equivocado.

---¡Lárgate, mocoso! ---se alborotó Gustavo---. Ya no quiero verte. Voy a decirle a mi guardaespaldas que te eche a patadas de aquí.

Salió airado de la sala. Diego no sabía exactamente qué debía hacer.

---Ojalà y que te chingues ---murmuró en voz baja para que nadie lo oyera.

El fiel siervo Bartolomeo apareció de nuevo para sacar a Diego y acompañarlo en seguida a la salida de la mansión, esta vez por la cocina. No le convendría

mucho a su patrón si el escuincle se fuera por la misma puerta en la cual entró antes.

---¿No te dije que no tocaras nada? ---preguntó en todo guasón--. No te portaste bien, de modo que nunca volverás a vernos aquí. Adiós para siempre, mococecito,

Dio vueltas a una manija para avisare al chofer que debía contestar. Sonó el teléfono y Bartolomeo levantó el auricular. Intercambió dos palabras bien cortantes con alguien en la línea y colgó de repente. Diego lo siguió por la cocina vacía (eran casi las once y media) y lo enseñó un lugarcito en la parte trasera donde el chofer iba a recogerlo, arrancando de regreso a la ciudad y un tiempo bastante sombrío.

¿Cómo se lo iba a explicar al dirigente? Por supuesto sus amiguitos lo iban a felicitar y regocijarse que llegara sano y salvo a casa. Menos mal que no dejó que eso le deprimase.

Sin embargo lo estrafalario de los ricos era ya demasiado para su cuerpo y su mente. Se había metido en berejenales y no sabía cómo adueñarse de todo eso. Lo corrió frío por la espalda y se puso muy triste aunque no lo hubiera deseado.

Capítulo 8   EL HÁBITO NO HACE EL MONJE

Sin reparar en lo cómodo del trayecto por el paisaje maravilloso e interesante en ferrocarril (largo pero rápido con sólo tres escalas), francamente el viaje tan corto rumbo a Juchitorín con la deseada parada en Santa Eufemia de los Lagos era lleno de baches sin igual. Maclovio no se había acostumbrado a las diferencias entre los lugareños y forasteros. De cierta manera se avergonzó por su patria y la falta de buena conciencia en cuanto a las comodidades básicas como esos caminos misérrimos para que un pueblo viviera feliz y tranquilo.

---Después de todo ---reflexionó él --- ¿quién soy yo para juzgar?

Por medio de ese pensamiento se le ocurrió cualquier cantidad de otras reflecciones sobre la vida y la existencia del ser humano. El joven quiso justificar su propia humildad. A pesar de las losas del caminito a Juchitorín que lamentablemente estaban lisas por décadas de uso (y abuso, se imaginaba) y las caras tiesas y lúgubres de los pasajeros sentados alrededor de él, Maclovio se sintió más contento que nunca.

Rumbo a Santa Eufemia se podía mirar en las ventanas del colectivo una llanura salpicada de granjas. A unos veinte quilómetros más lejano el camino estaba bordeado de maturrales. No se veían nada más que setos de zarzas y árboles returcidos con raíces enmarañadas. De vez en cuando había una casucha, y más allá chozas bajas y sombrías.

---Si una gente necesitara con más urgencia oír el mensaje del evangelio ---pensó el joven--- serían ellos, pobres gorrones. «*La mies es mucha, pero los obreros pocos.*» Las escrituras nunca se equivocan.

Maclovio no se arrepintió nada que iba a dejar este mundo feo y traidor. En cambio, estuvo para entrar en un lugar de paz y meditación, totalmente cerrado. En el monasterio un ser humano, la creación de Dios, podía crecer en su corazón y alma así como enriquecer su espíritu.

En las afueras de Santa Eufemia algunos de los pasajeros ya no pudieron estar callados. Empezaron a charlar, intercambiar palabras sucias y hacer comentarios bruscos. Eran puros chismes y de muy mal agüero.

---Fíjate, don Carmelino ---se quejó un albañil a su vecino ---te dije que el campesino Randazzo ya se cansó de su hijo huevón. Últimamente lo agarró por el pescuezo y lo pegó.

---Oí hablar que el golpe le dio en plena barbilla ---respondió el vecino---. Luego lo sacó a empellones de la casa familiar.

---Me parece totalmente justo, hombre. Así lo merece tal puto asqueroso.

---Ese maricón asistía a las clases de aquella escuela de mierda un tiempecito, ¿verdad?

---Sí, mano. Y mira no más, cómo fue el resultado.

---No entiendo por qué esos cabrones allá en el Palacio de Justicia toman demasiado tiempo con aquellos procesos, dando largas al asunto. Son todos culpables sin lugar a dudas. ¿Por qué cojones no se dan cuenta de lo obvio?

El colectivo se acercó poco a poco a la parada de Santa Eufemia de los Lagos sin habérselo avisado el chofer. Maclovio estaba poco enfadado, pero le pareció inútil quejarse. Simplemente se paró y agarró su maleta junto a la mochila. Listo para bajarse, pues se quiso callar porque de eso más valía ni hablar. La portezuela del colectivo estaba para abrir y cerrar de repente cuando ya no pudo evitar el impulso de decirles algo a los dos tipos ignorantes.

---Ustedes preguntan, ¿por qué? Se lo diré de una vez: todo hombre es considerado inocente hasta que se pruebe lo contrario, señores ---gritó---. Que Dios les bendiga. A propósito, voy ahora mismo al monasterio para ordenarme sacerdote, aunque les parezca mentira.

Maclovio respiró hondo y exhaló varias veces, lleno de satisfacción por habérselo dicho de regaño. Era feliz que el monasterio estuviera cercano. Poco a poco el colectivo maldito había salido de la llanura que por lo pronto quedó a lo lejos (como su vida anterior, gracias a Dios) y se encontró en lo alto de una montaña. Su gozo incrementó con cada paso. Aunque su equipaje le resultara pesadito y el camino hacia el monasterio fuera largo, todo su ser era rebosante de alegría al contemplar su nueva aventura.

Comparado con la llanura tan deprimida y el

mundo desdichado y mugriento de los obreros y campesinos, el encanto de la montaña era un cambio maravilloso y bienvenido. Maclovio hizo una vuelta a la izquierda. Siguió caminando y disfrutando de la naturaleza delante de sus ojos. Andaba por una avenida ancha y bella, bordeada de cipreses que hicieron una sombra alargada. Este momento le dio una sensación de hormigueo. A poco no se dio cuenta que ya hubiera caminado más de cuatro quilómetros sin demasiado esfuerzo como si estuviera volando en el aire.

Después de una media hora vio las torres altas de un edificio grande y hermoso. La escena estaba acompañada por el ruido a todo volumen de los grillos, una señal del crepúsculo venidero. Detrás de una mata grandota y verde azulada el joven vislumbró un poco de luz brillante. Por lo visto era uno de los últimos rayos del sol que reflejaba en los muros de piedra gris. Acodados sobre la barandilla al otro lado de una fosa con su llamativo puente levadizo había decenas de jovenes sonrientes y bien parecidos.

---¡Her-maaa-no Ma-clooh-vi-oh! ---cantaron sus voces como si fueran la dulzura y la unisonancia de un coro. El joven se acudió a los demás chicos, fijándose en sus ropajes y sotanas de diseño sencillo. Sabía en seguida que Dios lo condujo a este sitio con el propósito de comenzar una vida nueva y sanctificada.

Unos de los monjes más altos le ofreció la mano.

Los demàs sonrieron de oreja a oreja, pero nadie se atrevó a decir ni una palabra hasta que el hermano alto le diera la bienvenida a Maclovio oficialmente con un fuerte apretón de manos.

---Cuánto gusto nos da tu llegada, hermano. Permíteme tu maleta.

---Gracias, muy amable. De modo que no estaba seguro si ustedes supieron con antelación de mi llegada. Les confieso que me resultó un poquito difícil poder comunicarles con claridad o recibir una confirmación.

Los hermanos no dejaron de sonreír. Ya estaban muy acostumbrados a esa reacción de los «forasteros» como les dijeron al resto del mundo que viviera fuera de estos muros grises.

---A pesar de que no tengamos teléfonos ni tampoco cualquier otra comodidad moderna o que estemos, como dicen, «fuera de onda» ---logró decir el hermano alto--- descubrirás que nuestros viejos relojes así como la sabiduría de las estaciones y el tiempo en general son más que suficientes para averiguar las cosas importantes que quisiéramos saber sin falta, como tu llegada y los arreglos para tu estancia aquí con nosotros. A propósito, Hermano Maclovio, permíteme presentarme. Soy Hermano Adán.

---Lo llamamos de cuando en cuando «el Primer Hombre» ---interpeló uno de los más gordos entre los monjes reunidos delante de él--- y de vez en cuando «el Payaso», pero solamente bromeando.

Maclovio se estremeció. Para él las bromas y estar de guasa en cuanto a la biblia sagrada era siempre cuestión de la pura verdad e infalibilidad.

---¡Eso espero! ---respondió, frunciendo el entrecejo---. Las escrituras nunca se equivocan. De todos modos ---añadió con menos severidad--- es curioso que el nombre «Adán» no se menciona en ningún verso antes del quinto capítulo del libro de Génesis.

Hubo una estupefacción general entre los monjes, pero no se mostraron menos amables u hospitalarios para con Maclovio. Al contrario, quisieron esmerarse en darle una calurosa bienvenida al nuevo hermano, pues por lo pronto con las actitudes amargas y negativas en el país así como los enemigos acérrimos de la iglesia católica aquitaniana, había sido sumamente difícil atraerles a nuevos integrantes, aún menos a hombres jóvenes que quisieran ordenarse sacerdote y pasar una gran parte de sus vidas en un monasterio.

---Me atrevería a decir, hermano ---dijo Adán e hizo un gesto de buena voluntad--- que todos aquí amamos al Padre Celestial así como los unos a los otros. Si mal no recuerdo, fueron éstos los primeros dos mandamientos nuevos e importantes que nos aconsejó el Señor Jesucristo.

---Correcto, hermano, cien por ciento ---contestó Maclovio, suspirando aliviado. Creía haber llegado en el lugar justo y apropriado.

---Verás, querido hermano, que no tenemos malas

intenciones ---afirmó otro monje de tez aceitunada que también llevaba gafas---. Los apodos nos ayudan a veces recordar quién es quién, pero de una manera poquito atravesada y a veces cómica.

---Sí ---interrumpió otro joven güerito con ojos azules como dos estanques profundos de agua clara---. Por ejemplo, me llamo Javier, encantado de conocerte. Me dicen «el Morenito» aunque no sea yo así, como tú puedes ver, hermano. En cambio, ése que te acaba de hablar se llama Edmundo y a él le llamamos siempre «el Güero» por lo ridículo que suena. Sí me entiendes, ¿verdad?

Uno tras otro de los monjes se presentó a Maclovio, diciéndole su verdadero nombre y con añadidura mencionando su propio apodo gracioso. Por ejemplo, a Dionisio, uno de los más flacos, le decían «el Gordo», mientras el verdadero gordito que se llamaba Humberto se conformó con «el Flaco».

Algo semejante aconteció en el caso del joven muy bien parecido que se llamaba Marcos (el pobre Maclovio no podía evitar mirando fijamente en los labios carnosos de «el Feo») comparado con el rostro medio aplastado de Eliseo, comúnmente conocido por el apodo «el Guapo». (Efectivamente Maclovio iba a averiguar dentro de algún tiempecito que Eliseo era unos de los más simpáticos y dulces entre los hermanos del monasterio).

Menos aprensible era la razón por los apodos del hermano Gaetan («el Sapo») o el ya mencionado

«Payaso» del hermano Adán, el cabecilla de estos valientes compañeros, pero ni modo. Maclovio les saludó a todos con amistad y ternura, sabiendo a tiro fijo que los iba a amar y apreciar para siempre.

Hizo una visita guiada junto a una veintena de hermanos interesados en él que con gran entusiasmo y placer le enseñaron muchísimo a Maclovio. El joven se quedó pasmado y fascinado por todos los aspectos del gran monasterio: las capillas antiguas, las torres altas y esculturales, el enorme pabellón de huéspedes, la inmensa puerta de aceso, los numerosos almacenes, las aulas sumamente polvorientas de la escuela («¡qué raro!» pensó el joven), los largos corredores sin fin y el claustro dominante así como el refectorio medio oscuro y amedrentador. En fin, todo lo que se encontró dentro de estas paredes grises reflejó el concepto de una vida sencilla, pura, humilde e indudablemente rendida al Señor Dios de los Cielos y la Tierra, el Creador mismo.

---Se nos olvidó completamente preguntarte ---dijo Hermano Edmundo, «el Güero»--- ¿tienes hambre? Ya ha anochecido y pasado la hora de cenar, y por lo usual solamente hemos tenido algo frío o congelado como gelatina de carne, aunque te parezca mentira.

---¿De veras? ---preguntó Maclovio, un poquito sorprendido, puesto que supo que la cocina del monasterio era bastante amplia con varios hornos, decenas de estufas y un montón de neveras para guardar enormes cantidades de comida.

---No te agites, Hermano ---le aseguró Hermano Javier, «el Morenito»---. Resulta que yo me preocupaba igual que tú de esas mismas cosas cuando llegué aquí por primera vez. Te juro que comemos siempre bien. Los desayunos son más que suficientes para comenzar el nuevo día, pero el almuerzo es efectivamente nuestra comida sustanciosa que incluye vino añejo de nuestra propia bodega.

---Me parece bien ---exclamó Maclovio sonriente---. El Apóstol San Pablo escribió en su primera epístola a Timoteo que «*no bebas agua sola, sino usa un poco de vino por causa de tu estómago y de tus frecuentes enfermedades.*» Estoy contento de saber que todo conforma precisamente con la escrituras en este lugar tan sagrado. De hecho, les diré sin lugar a dudas que en este momento estoy tan lleno del espíritu y soy un hombre que «*no solo vive del pan, sino de todo lo que procede de la boca del Señor*», como el libro de Deuteronomio del Antiguo Testamento nos dice. Son las mismas palabras de las cuales Cristo Jesús nos recordó en el Evangelio según San Mateo en el Nuevo Testamento.

Los siete u ocho hermanos que lo rodeaban en lo particular tal como otra decena que lo acudían esbozaron sonrisas nerviosas. Trás un breve silencio algo embarazoso, el Hermano Rubén, un monje delgado con la tez parejamente oliva le dio una mirada de soslayo a Maclovio. Con unos dedos largos y pegajosos le tiró de la manga y lo instó a seguir el camino de vuelta a los dormitorios. El gran reloj del campanario principal ya sonó nueve veces, indicando el toque de queda.

---Les confieso que a pesar de no desear nada de comer por lo pronto ---explicó Maclovio--- es que sí tengo sueño. Me gustaría ver dónde voy a dormir junto a ustedes esta noche y todas las otras noches.

Hermano Adán, «el Primer Hombre» apareció de nuevo para encargarse de los arreglos en este caso. Era una tarea menos agradable que la bienvenida de los hermanos monjes que hasta ahora brindaron con mucho afán.

---Tengo buenas y malas noticias que darte, Hermano --- alcanzó decir, vacilando---. ¿Cuál de las dos quieres oír primero?

---No me importa un bledo. Como tú quieras.

---Entonces te diré que mañana y pasado mañana tenemos todavía muchísimo que enseñarte para que veas que somos totalmente autosuficientes. No cabe duda que en un lugar así desconectado del mundo por afuera un monje tiene que bastarse a sí mismo. Igual que tú necesitamos mucho sueño.

---¿Y las noticias malas?

---El Padre Anselmo desea que permanezcas en tu propia célula hasta próximo aviso ---afirmó a bocajarro---. Quisiera decírtelo él mismo, pero anteayer hizo un voto de silencio que durará un tiempecito. Cuando empiece a hablar de nuevo pues estoy seguro que te permitirá juntarte a nosotros en los cuarteles.

A Maclovio le pareció manifiestamente injusta esa decisión del Padre Anselmo, el obispo del monasterio cuyo nombre fue muy conocido através de los reportajes radiales y televisivos desde el Palacio de Justicia y la mezcla de proceso y circo cotidiano. Ojalá y que pudiera convercerlo de lo contrario cuando estuviera disponible para recibirlo como novicio.

El «Primer Hombre» percibió la resignación e ironía mezclada en la mente del joven y lo tocó con la mano en el hombro.

---A veces te encuentras en una situación insostenible ---titubeó, buscando las palabras correctas y más tiernas para aconsejarlo--- y está por demás presentar una queja, especialmente a un personaje como nuestro querido y distinguido Padre Anselmo. Te prometo que todo irá mejor si obedeces todo desde el principio. Es mi consejo, guste o no guste.

---Ahora bien ---contestó Maclovio, esbozando una sonrisa melancólica--- estoy de acuerdo con lo que ordena el obispo. Estoy dispuesto a portarme bien aquí a comienzos.

---Qué bueno que no permitas que eso te deprima--- agregó «el Payaso», casi risueño---. Ya verás que la célula tiene bastante campo, una cama grande y cómoda además de tu propio baño. El cuarto también recibe el sol de la mañana. Ni siquiera es menester un despertador.

---En cambio yo les tendré celos porque no puedo

estar en unión con todos ustedes.

---Y nosotros te envidiamos a ti, querido hermano, pero tiene que ser así. De modo que se acerca la hora de que nos acostemos ---declaró Hermano Marcos, «el Feo», y Maclovio se fijo nuevamente en el movimiento de sus labios.

---Sí, Hermano ---logró decir Hermano Gaetan, «el Sapo» ---mejor sería que te dejáramos aquí en el Pabellón de Huéspedes y nos despidiéramos de ti para regresar a nuestros dormitorios detrás de la puerta de hierro. Buenas noches, y que descanses bien.

Los demás se fueron de volada, dejándolo con su maleta frente a una puerta de madera color caoba. La tocó con los nudillos y se echó a reír por su estupidez. Sus viejos compañeros de cuarto siempre hicieron así, y ahora también él de pura costumbre. Metió una llave y entró, observando que todo era precisamente como lo había dicho el Hermano Adán. Muy pronto se durmió, lleno de alabanzas al Señor Altísimo hasta en sus sueños.

+ + + + + +

Al cerrar la puerta pesada de hierro en el internado todo el mundo se puso de cháchara como nunca antes.

---Huele estupendo, como un rinconcito del cielo infinito.

---¿Te fijaste, Princesa? Tenemos que pedirle

unas gotitas de su colonia.

---O a lo mejor pregúntale qué marca de jabón usa. Es sabrosísimo.

---Te confieso que me enamorisqué de él a primera vista. ¿Dónde cojones se escondió todos estos años?

---No lo sé, pero gloria a Dios que por fin se anunciaran sus pisadas aquí con nosotras, Princesas.

---¡Ay, Gordita! Qué poeta eres, tan lírica todo el pinche tiempo.

---Cuidémonos, porque no sabemos si está adelantado de las cosas que solemos hacer nosotras ---¡ay!--- digo «nosotros».

---Y tú sin darte cuenta de tu pequeño «*faux pas*», mi queridísima *chèrie*.

---¡Válgame Dios! Ya no jodas más con tus mariconadas en francés, doña Chula.

---¿Quieres que te siga charlando en puro católico, doña Diabla?

---¡Ya basta con todas esas «doñas»! Pórtense bien, hermanos.

---¡Uy! No más hago barriobajero como todas vosotras, me imagino.

---Vosotr*os*, comemierda. ¿Acaso me permito recordarles de todo lo que el Padre Anselmo nos regañó antes de su voto de silencio?

---Supongo que ese papito nuevo se llevará bien con nuestro obispo querido y distinguido. Los dos podrán fanfarronear de su sabiduría de la pinche biblia, ¿no crees?

---Eso de citar versos bíblicos me fue un poquito escalofriante.

---¿De manera que nunca lees la Santa Biblia, Princesa? Quizás te ayude a creer de una vez por todas.

---Olvídalo. Prefiero ser siempre así hasta que me muera.

---Atolondrada, ¿quiere decir?

---¡Oh, cállate! Lo que quiero saber es quién diablos es ese Timoteo a que contó esa historia de usar un poco vino para el estómago.

---En aquel entonces conocí a un tal Timoteo, un papito guapísimo pero muy embustero. Siempre entraba en mi casa cuando salía a robarme así como encular a mi amante Rogelio. Una tarde regresé temprano y los hallé en el sofá haciendo sus mamadas a toda marcha. Le grité a ese joven encabronado, «¡saca esa polla de tu boca, comemierda, o te mato!»

---Pero ¿qué había sido de ellos?

---Timoteo tomó las de Villadiego. Poco después a ese Rogelio le eché a patadas de mi casa también.

Hermano Adán chasqueó la lengua contra el paladar.

---No hace falta ser una lumbrera para saberlo. El tipo es honrado a carta cabal.

---Tienes razón, Señorita Libertad.

---Te dije que acabes con esa porquería. Me pusiste remoquete «el Payaso» y así me quedo con eso.

---¡Qué tipo más carca!

---De acuerdo. Poco a poco tendremos que domeñarlo.

---Sin dificultad alguna pierdo la chaveta por él.

---Igualmente, hombre. Un día de éstos lo voy a mamar y tragar hasta que mi garganta se cubre de su esperma.

---Menos mal que el Padre Anselmo te dijera que lo alojáramos en el cuarto separado hasta que se pudiera averiguar mucho más sobre él.

---Hay que averiguar *todo* acerca del muchacho, ¿me hago entender?

---No sabemos si le da la gana husmear por ahí o si se mete donde no lo llaman.

---Ni siquiera sabemos cómo es y si es uno de nosotros.

---¡Ay de mí, muñequita! ---sorbió Dionisio «el Gordo» por las narices---. No paro de moquear.

---¿Tienes catarro otra vez, Doncella? ---replicó Humberto «el Flaco» y flexionó una pierna.

---Consuélate, *ma petite*, te cuidaré.

---Besitos, Mujer, te doy besitos para siempre.

---¡Cállense! ---gritó Hermano Adán---. ¡Ya basta de zanganear, mariquitas!

---Tienes razón cien por ciento, Princesa. Pongámonos la pijama y metémonos en nuestras camas.

---Ya es hora de dormir, es cierto. A propósito, ¿a quién le toca esta noche?

---*Moi, ¡me voilà!* ---dijo chillando un monje

chaparrito a que le valió el apodo de «el Chulo», aunque le gustara mucho más que lo llamasen «*Zouzou*», mayormente por el sentido de rijosidad---. «*J'aime toujours le frisson que tu m'as donné.*»

---¡Ay, puto de mierda! Háblame en nuestro pinche idioma y ya no digas bobadas. ¿Entiendes lo que te digo?

---Pues sí, amor mío de una sola noche. Ven a mi lado y pónmela en seguida. Te pertenezco sólo a ti hasta que amanezca, Papi.

Hermano Adán lo besó varias veces y suspiró. Su vista se cruzó con el chaparrito y le arrancó una sonrisa pequeña y dulce.

Quienes no tuvieran la buena suerte de ser escogido como «el Chulo» («dime *Zouzou*, si eres tan amable, Papi») pues hubo todavía muchas oportunidades antes del amanecer para volarse la paja, como solían decir en voz baja a su manera antojadiza entre sí. Esta noche subió esa actividad a un nivel de mayor excitación debido a la llegada del hermano nuevecito. Centenares de pensamientos, fantasías e ilusiones bailaban en las mentes de todos esos monjes incansablemente cachondos acerca del joven capitalino con los ojos hialinos y soñolientos, el rostro tallado y guapo sin tacha a la vista, el olor fresco y fragante que se sentía durante su deambular en los jardines del monasterio.

Había preguntas importantes para contestar. Por ejemplo, ¿cómo iba a verse sin su camisa bonita de algodón, el suéter de lana, el pantalón azul bien apretado (para lucir sus nalgotas redondas y jugosas) y sus zapatos negros y brillantes? ¿Es que iba a perder todo su encanto y esa belleza única después de que lo quitasen toda esas lindas cosas y lo pusieran en las mismos ropajes y sotanas de los demás?

Aunque estuvieran en estos momentos en camas separadas frotándose mientras pensaban en estos asuntos en cuanto a Maclovio, todos estarían de acuerdo que nada iba a cambiar en el ambiente del monasterio a pesar de que sucediera.

Por ahí entre el «Primer Hombre» y el chaparrito afortunado una verga creciente se puso muy dura y un ojete empezó a fruncirse.

---Será una noche ajetreada, maricas ---murmuró «*Zouzou*»---. ¡Oh-o-o-o! Felices sueños y nos vemos mañana, *mes chères*.

Através de llevar a cabo sus servicios como chofer en la casa de los Puccinelli y en lo particular para el vástago consentido, Maximiliano Covarrubias ya se acostumbró desde hace mucho tiempo a los cambios repentinos. Todo lo que debía salir exactamente según lo previsto casi nunca estaba escrito sobre piedra. Por supuesto en cuanto a los asuntos delicados o aún peligrosos pues el cuadro de guardaespaldas (eran cinco) tuvo que encargarse de las medidas más rigurosas y seguir las reglas más estrictas no sólo en cuanto a Gustavo sino también de parte del viejo *paterfamilias* u otros parientes y socios de la empresa.

En cambio, los numerosos coqueteos del joven rico debían estar incluido en aquella misma categoria.

La vida de Maximiliano era sumamente agradable, hasta encantada. Le gustó tremendamente la idea de no haber tenido que correr riesgos como los demás de su edad en cuanto empezaron a gobernar los líderes de la dictadura en su querida patria. Con placer logró dejar atrás todos sus travesuras adolescentes y se dio a la fuga para evitar las llamadas «atrocidades» del nuevo gobierno.

Después de haber terminado la secundaria se alternaron batallas victoriosas y estrepitosos fracasos en su vida en cuanto a sus amistades y los empleos. Había mucho más rodeos que certezas.

Por medio de un viejo amante (efectivamente fue el único verdadero amor durante su juventud, esos «años mozos») y con su tío bien vinculado le resultó posible conocerle al dueño poderoso e influyente de la *Maison Puccinelli* cuyo hijo rico y mimado necesitaba los servicios de un chofer. Maximiliano se dijo siempre sano, limpio y responsable, señas que al joven Gustavo Puccinelli le impresionaron muchísimo. Trabajando y manejando por alguien que al igual tenía ganas de huir de su país natal le proporcionó la receta perfecta: un pasaporte (tanto en sentido figurado como verídico) a tierras nuevas y aventuras inolvidables.

Aunque no se diera cuenta, el joven Gustavo siempre había deseado tener una relación con su chofer güero. En su mente inventaba cualquier cantidad de jueguitos e ilusiones sobre ese chico esbelto y tan bien parecido. «Qué lindo huele, tan limpio, tan aseado,» pensaba al conocerlo por primera vez cuando aquel tipo ridículo, el señor Aguirre, lo presentó. «Mueve como un diosito y se ve como uno de esos pilotos de caza o un soldado típico del Tercer Reich. A poco me desmayo.»

Maximiliano ya le rechazó varias veces a su jefe, asegurándole sin cesar que era mucho mejor tener una relación agradable pero totalmente basada en los asuntos serios y seguros. Según él, la mayor discreción debía estar encima de todo. El chofer era el único que pudo enseñarle al joven rico el mejor camino para seguir a beneficio de los dos. De cierto modo Maximiliano le ganó respecto a su patrón que supo indudablemente que podía contar con sus buenos servicios así como su lealtad precisamente a causa de no ponerse a la disposición caprichosa de ninguno.

En cambio por su fidelidad y la delicadeza para con su jefe pues el joven chofer recorrió muchos países lindos e interesantes junto al vástago aquitaniano «en exilio», como solía decirse. En su tiempo libre Maximiliano se aprovechó de volar con sus propias alas. Nueva Iorque lo fascinó como ninguna otra ciudad. También le gustaron Londres, París, Berlín y algunos lugares del Medio Oriente, a pesar de no poder aprender ni conversar en cualquier idioma además del español e inglés. En algunas ocasiones le dio risa fingir no entenderle bien a alguien durante sus tiempos de descanso, paseando por los parques, los bosques o las playas del mundo. A lo mejor tuvo que expresarse por medio de miradas descaradas, ropas llamativas y unas cuantas joyas de relumbrón; en fin, parecía hacer el papel de tentador o seductor, no obstante una mueca que le llegaba de oreja a oreja.

Esta noche Maximiliano acababa de apoyar la cabeza en su almohada, todavía sin desvestirse porque tuvo sus propios antojos antes de acostarse. Su uniforme de cuero marrón le dio cierto alegrón erótico. Muy a menudo se estremeció de la emoción apretándose los machos de esta manera para su mayor agrado. Sin lugar a dudas su patrón lo miraba satisfecho también, aunque entre los dos no hubiera acontecido jamás nada físico.

El chofer sintió su polla erecta contra la bragueta del pantalón. Estaba para frotarse cuando sonó el teléfono poco antes de las once y media. Intercambiando algunas palabras airadas con Bartolomeo, colgó el aparato en seguida.

---¡No me lo explico! --- pensó él, negando la cabeza---. Por lo usual esas citas siempre duran hasta las altas horas de la madrugada. A ver qué me va a decir el muchacho, si no tiene vergüenza de platicar conmigo.

El chofer escogió otro carro en el gran surtido de automóviles que pertenecían a la familia Puccinelli. Esta ocasión no merecía tanta ceremonia ni el mismo nivel de lujo como anteriormente cuando el muchacho Diego acudió a la cita. Esta vez Maximiliano iba a llevarlo de vuelta a la residencia donde vivían sus compañeros del espectáculo. Junto a todos los televidentes aquitanianos el chofer sólo los conocía por medio de la pasarela, vestidos en sus camisas bonitas, sus corbatas de seda a todo color, sus trajes y sacos elegantes. Con pasos firmes y asegurados lucían totalmente bañados en las luces y rodeados de música vibrante que tenía unos sabores y ritmos que encedían las llagas de la pasión ardiente e inconfundible. Maximiliano sabía que para retener ese «algo» fuera de la pantalla y lejano del público era difícil.

---Me parece que Dieguito estaba alegre y

animado cuando llegó aquí ---concluyó mientras condujo su propio VW Escarabajo hacia la salida cerca de la cocina donde Bartolomeo le había dicho al crío que hubiese de esperar---. Supongo que no será igual. Me acuerdo de que prefiere platicar con claridad y no dorar la píldora. *Mis pinches palabrejas*, según su modo gracioso e inocente de pensar.

Apresuradamente condujo Maximiliano hacia la parte trasera de la casa grande y encontró al pobre muchacho cerca del portón de la cocina principal. Se halló a unos pasos de la verja. Una hendija de luz penetró la oscuridad y se pareció la pequeña figura no más como una sombra agachada y descorazonada.

---Si mal no recuerdo ---dijo el chofer de manera que sonó medio a broma--- ibas a quedarte aquí con nosotros la noche entera, velando y disfrutando de la bondad del joven Gustavo para contigo.

--- ¡Ni en balde! ---acertó a murmurar el escuincle, riéndose con sorna mientras su cuerpo temblaba y a poco no podía acallar el corazón.

Maximiliano estaba muy en ascuas de saber qué le hubiera acontecido pero se dio cuenta también de la inmensa sensibilidad de un muchacho como Diego cuya vida hasta la fecha había sido un mar de dudas y contradicciones.

---Tranquilízate, nene ---musitó el chofer con ternura---. A veces las heridas tardan tiempo en cicatrizar. Ven ahora conmigo en mi carro que te llevo a la casa de postas en la cual vivo yo. Allí podrás descansar un rato y luego me platicarás todo lo que te ha pasado, ¿oquei?

Manejando un quilómetro sencillo de vuelta a la caballeriza, el chofer no dejó de fijarse ni por un instante en la cara resentida de Dieguito, un muchacho cuya fama habría de desbordar las fronteras de este país después de una noche tan exitosa e inolvidable en el espectáculo. Tendría que trabajar y luchar muy duro, pero qué vida holgada le esperaría para disfrutar al otro lado del arco iris, más allá de todo anhelado y atrevido por los hombres en este mundo traidor, y ciertamente mucho más allá de todo lo que iba sufriendo en ese momento después del golpe tan cruel por el joven maestro Puccinelli.

En cuanto a Diego y su modo de pensar, pues el golpe fue mucho menos emocional que material. Lo de tener que irse con recelo de la casa grande y lujosa en compañía de este buen siervo, a pesar de que fuese alto, muy simpático y guapísimo, era el mayor ultraje, el cúspide de toda vergüenza y humilación. El escuincle quiso entender por qué los ricos se portaron a veces así, pero no pudo resignarse tan fácilmente a sus rarezas o caprichos.

Durante este paseo de menos de un quilómetro los alrededores de la propriedad se cambiaron brutalmente en su delante. Aparentamente por este camino se volvió al mundo del chofer. El muchcho se dio cuenta que este carro chiquito era el suyo y que la limusina de unas horas atrás no era más que un pedazo de todo el boato del magnífico reino de los Puccinelli.

---¿Eres tú mozo de cuadra? ---preguntó Diego, asustado al mirar el edificio construido de madera toscamente labrada.

Maximiliano trató de aguantarse la risa. --- ¡Ni madres! Mi único oficio es manejar los numerosos vehículos que pertenecen al joven Gustavo. ¿A cuento de qué?

---Nada ---respondió Diego, sorbiendo por las narices. Se puso triste y avergonzado. Su vista cruzó con el chofer y éste sonrió con una dulzura que el pobre muchacho no había visto nunca en su corta vida.

---No te pongas así, hombre ---le aseguró Maximiliano---. Aquí conmigo no necesitas tener pelos en la lengua. Quédate un ratito antes de regresar a tu cama en la residencia, ¿que te parece?

Diego miró la caballeriza de arriba abajo una vez más. Esbozó una sonrisa melancólica.

---Si he de serte sincero ---aventuró a decirle al chofer--- tengo miedo de entrar en este pesebre con sus caballos, ovejas y no sé qué.

Esta vez Maximiliano no pudo evitarlo y se echó a reír a carcajadas.

---¿Qué te ocurre. Diego? Fíjate, ésta no es pura caballeriza como piensas, sino mi hogar dulce hogar. Adelante, no más para ver dentro cómo lo he renovado totalmente.

Hizo un gesto de bienvenida. ---He aquí tu casa,

gran amigo mío. Aunque te parezca mentira, no encontrarás a María, a José ni al Niño Jesús. Como dicen ahí los mexicanos, pásele.

Al bajarse del carro y pararse en la puerta de la caballeriza «trucada», Diego se aferró del brazo del chofer como si tuviese miedo. Para él este señor alto y guapo era como un ídolo, primer galán, precisamente cómo debía ser el hermano mayor a lo cual nunca había tenido. Todavía sentía el olor de algo o alguién a lomos de un caballo, pero de repente se le ocurrió que olía a cuero mezclado con un sudor fragante de este hombre fornido. Se estremeció cuando lo tocó.

---No te agites, amiguito ---dijo Maximiliano, pasándole ligeramente una mano por el cabello del muchacho---. ¿Qué te parecen mis muebles? ¿Te gustan o no?

Por supuesto a su edad Diego no era muy conocedor del interiorismo, pero hasta él percibió a primera vista que el hogar renovado del chofer era punto y aparte. Las sillas modernas (escandinavas, aunque al muchacho no le importó nada el origen), los cojines de vistosos colores, las alfombras contemporáneas, el revestimiento pintado en cáscara de huevo y marfil, en fin, todo llevó el auténtico sello de buen gusto, una verdadera obra de arte, un ambiente severamente varonil.

---¡Uau! ---exclamó y se le hizo un nudo en la garganta. El chofer se preocupó de lo callado del muchacho, no esperando que hablase si no le convenía, pero la falta de aliento en un chavo sano como Diego le asustó un poquito.

---Te voy a arrojar una salvavidas ---le anunció el hombre del atuendo de cuero---. No más tienes que decirme qué quieres.

Recobrano el aliento, Diego protestó, ---No sé nadar. ¿Por qué arrojarme una salvavidas?

Maximiliano se rió y extrajo del bolsillo un pequeño rollo envuelto de papel colorido. ---¿Ya caes? No tiene nada que ver con la natación, sino con estas golosinas.

Diego se ruborizó mientras el chofer sacaba el rollo y lo extendía sobre una de las mesas bajas.

--- ¿Cuál sabor prefieres, cereza o regaliz?

---¿Hay una diferencia? ---inquirió Diego y se humedeció los labios.

---Sí, bastante. La cereza es roja y dulce. En cambio, el regaliz es a veces rojo, a veces negro. Sabe a pimienta, más o menos.

---¿Negro? ---preguntó el muchacho. De un salto retrocedió horrorizado---. ¿Acaso no tiene nada que ver con el Mar Negro?

--- ¿Por dónde oíste esas tonterías, nene?

---El joven rico me enseñó algunas perlitas negruzcas y relucientes en una gran sopera de plata. Me dijo que vinieron del Mar Negro. Me los iba a dar junto a una copa de algún líquido amarillo burbujeante. Me negué comer las bolitas extrañas que sabían de pescado, pero el joven me invitó a tomar la bebida espumante. Fue entonces cuando empecé girar y deslizarme en estilo atrevido, arrancando el gabinete y haciéndolo trizas.

---¡Anda pillín! --- lo regañó Maximiliano---. Esto es increíble, lisa y llanamente. Perdona que te hable con tanta franqueza.

A Diego se le empañaron los ojos de lágrimas. El chofer se lanzó sobre él y lo abrazó sin soltarlo, pidiéndole mil disculpas.

Capítulo 10   ENSIMISMAMIENTOS

A partir de la medianoche el teléfono móvil de Basilio Aguirre no dejó de sonar. Eran llamadas de sus estimados clientes por todo el mundo. Através del milagro de las transmisiones via satélite, los enlaces y las conexiones a la Red (como suelen decir hoy día) los televidentes de muchos países podían ver y gozar simultáneamente el espectáculo aquitaniano de anoche. El señor Aguirre tenía la ventaja de dominar muchas lenguas extranjeras, de manera que le resultó posible atender a todas las llamadas sin tener que traducir ni una sola palabra y platicar sin tregua a todos sus socios mundiales.

---*Quel plaisir, Monsieur Aguirre* ---le dijo halagado su amigo corresponsal del diario, «*Le Monde*»---. *Notre petit gars Diego a réussi brillamment, n'est-ce pas? Je me souviens avoir pensé combien il ètait mignon.*

---*Oui, mon cher, d'accord* ---respondió el señor Aguirre---. *Tellement mignon.*

Un empresario ruso, muy amigo de don Basilio, lo llamó desde su oficina en el mero corazón de Moscú donde junto a sus varios colegas se aprovechó de unas copitas de vodka antes del almuerzo porque eran casi las doce del mediodía, hora local.

---*Диего просто восторг* ---afirmó con gran entusiasmo---. *Молодец!*

Basilio Aguirre tomó el primer sorbo de su propio trago de escocés con hielo y sonrió.

---*Большое спасибо, Сашенька* ---exclamó el dirigente aquitaniano, pronunciando aun las palabras difíciles de ese idioma con tremenda facilidad---. *Я обязательно передам ему твой комплимент.*

A continuación de las llamadas el polígloto capaz platicaba dulcemente con su socio en Milano («*che bel ragazzino é stato lui, bravo Diego piccolino!*»), charlaba un ratito con un ex-amante brasileño («*nossa que massa, esse gatinho Diego é simplesmente maravilhoso!*») y tenía que modificar todo su aprendizaje castellano cuando empezaba a hablar y tratar de entenderle a un camarada de Buenos Aires («*¡Decime la posta, sos ré boludo! Dejá de mandar fruta y tenés que tomátelo con soda que ese pibe fue bárbaro, un verdadero hijo de puta.*») No podía conseguir ningunas felicidades ni por sí mismo ni por todo su trabajo tan duro en cuanto al espectáculo, sino sólo elogios para con Dieguito al que los llamantes internacionales colmaron de alabanzas sin cesar.

Uno de los últimos «telefonazos» de larga distancia vino de un diseñador alemán de renombre desde su taller en Hamburgo.

---*Ach, lieber Herr Aguirre* ---le vociferó através del auricular--- *was für einen hübschen jungen Kerl ist der Diego. Einfach geil*!

---*Ja, gewiß, Werner, du hast Recht. Geradezu ist er ein Wunderkind* ---contestó el dirigente, ya harto de oír nada más que el nombre del «*mignon*», del «*piccolino*», del pinche «*Wunderkind*», el chico dorado como lo iban a conocer todo el país así como el mundo entero por los días, los meses y los años que seguirían.

Se percató que algo grande y revolucionario estaba pasando por primera vez desde que empezaba a dirigir esos espectáculos con los muchachitos. Iba siendo la hora de que lo reconociera que algunas estrellas habían de lucir a causa de sus encantos únicos e inigualables.

---Todo esto hubiera tenido que suceder de una manera u otra ---dijo don Basilio para sí--- pero al precio de mi orgullo herido. ¡Caramba!

Lo peor de este giro de acontecimientos era tener que darle las malas noticias al joven rico. Supuestamente Gustavo Puccinelli no estaría muy feliz, sobre todo después de las promesas del señor Aguirre en cuanto a Dieguito y su disponibilidad en exclusiva, cada vez que se le antojara.

---No cabe duda que voy a pasar por una mala racha con él ---se admitió para sus adentros---. Después de todo soy un hombre diestro y veré qué hago. Hay modos de soslayar con ahínco toda esa porquería.

+ + + + + +

Gustavo Puccinelli percibió un sabor metálico en el paladar. Esto siempre le aconteció cuando se sintió arrebatado por alguien como el muchachito recién expulsado. Un mohín de repugnancia lo apresó tan pronto como había caído con estrépito el escaparate de tamaño gigante con sus numerosas figurinas de cristal y marfil. Se rió con sorna para sí y tomó un sorbo más de su séptima copita de «aquel maldito líquido amarillo con las burbujas» que le emborracharon con encono a Dieguito.

---Mi amor para con él ardió como un fuego arrasador ---se convenció y emitió un silbido---. Es el mero Príncipe con mayúscula que tanto añoraba mi vida entera. ¡Ay de mí!

De improviso apareció el fiel siervo Bartolomeo, parándose a un costado en el salón grande. Por lo usual estaba pendiente de cada uno de los movimientos del joven vástago. Muy a menudo Gustavo lo sentía detrás de él, pisándole los talones. Se dio cuenta que un tipo como Bartolomeo siempre pensaba y hablaba muy en serio. Durante ese largo término de contrato y todas las cláusulas complicadas de las cuales tenía que encargarse en cuanto al mal comportamiento de ese joven rico con su «bragueta siempre suelta», pues el presunto mayordomo nunca se anduvo por las ramas. Mientras su jefe se ahogaba en el torrente de su propio llanto a causa del pequeño príncipe tan guapo y misteriosamente altivo que halló y perdió de una vez, Bartolomeo se agachó sobre su ordenador portátil, no sólo para mostrar su talento como dactilógrafo que sabía dejar volar sus dedos habilidosos por encima de las teclas, sino también para componer un mensaje de suma importancia en forma escrita «a quien corresponda» o «a quien pueda interesar».

Corrigió algunas faltas de ortografía al releerlo y estaba satisfecho no sólo con el contenido del mensaje sino también su fraseología cuidadosa. Cliqueó en seguida la parte izquierda del «ratón» para imprimirlo.

+ + + + + +

El joven Maclovio Casalinga durmió mejor que nunca durante su primera noche en el monasterio. Al despertarse poco antes de las cinco unos rayitos del sol surcaban el cielo, exactamente como lo dibujó el Hermano Adán anoche con sus palabras tan claras.

---¿Qué estarán tramando los demás? ---se preguntó y contuvo un bostezo---. Me imagino que después de levantarse y salir por aquella puerta de hierro pues ellos van apresuradamente a las oraciones. ¡Cómo me gustaría acompañarlos esta primera mañana! A ver si me permiten juntarme a ellos.

Se estaría sintiendo mejor a saber si los monjes acudieron en tropel allí en la capilla para rezar delante del bajorrelieve de la Santa Virgen o simplemente se pusieron de rodillas para dirigirle todas sus oraciones directamente a Cristo Jesús, el Hijo de Dios y Salvador que nos liberó de todos nuestros pecados. Aunque la tuviera temor reverencial y guardase el mayor respeto a la

Santísima Madre de Dios, Maclovio se quedó siempre pasmado por los milagros y bendiciones que le había entregado fielmente el Señor Jesús desde su niñez. Por lo que a él respectaba pues el Redentor fue siempre el único manantial.

---¿Qué dirán de mi actitud casi evangélica? ---pensó él, levantándose por fin de la cama y abriendo su maleta así como la mochila para sacar algunas cosas---. Seguramente me darán mis nuevos ropajes hoy o mañana. No me arrepiento de despedirme de esta ropa cotidiana que solía llevar allá fuera de este santo lugar. Tengo muchas ganas de conformarme con los requisitos del monasterio, igual que mis queridos hermanos en Cristo.

Para Maclovio quedó el rabo por desollar. Tenía tantas ideas e ilusiones para con su trabajo en la vida del monasterio. Su rostro mostró un esguince de firmeza y por fin estaba listo para enfrentarse al mundo con agallas. Se puso su camisa amarilla y un nuevo pantalón gris. Se miró en el espejo y se acicaló un poquito el cabello. Su entusiasmo y gozo eran tan incontenibles que hasta la piel se le erizó. Su existencia se había transformado tanto durante las últimas veinticuatro horas.

Sin embargo en estos primeros momentos del nuevo día con el amanecer tan lindo el joven, todavía sintiéndose «medio forastero» según sus hermanos monjes así como el desconocido Padre Anselmo, se desmoronó de una mezcla de alegría y los malos recuerdos de su pasado grabados para siempre en su mente. Abrió la puerta de su habitación, la cual afortunadamente no habían cerrado con llave. Le clavó los ojos a un largo trama de calle a escasos metros de distancia de este gran edificio en el cual estaban ubicados su propio cuarto, los dormitorios de los otros hermanos y el refectorio que ya olía de pan recién horneado.

---Sería mejor dar un paseo antes del desayuno ---razonó él y se hundió el mentón en el pecho---. Este aire fresco y limpio me ayudará a recordar y olvidar de una vez.

Resucitando la memoria era como buscar entre los archivos empolvados de su mente, a pesar de que su cerebro agudizara sus sentidos en el aire limpio de esta altura. A veces el sol brillaba demasiado fuerte que el joven podía mirar sólo con los párpados a mediocerrar de modo que los rayos entrasen y salieran del campo visual.

Cuando les había anunciado a sus compañeros de cuarto que pensaba ordenarse sacerdote mayormente para averiguar lo que estaba sucediendo en el monasterio de Santa Eufemia de los Lagos, pues todos ellos sencillamente negaron con la cabeza y le dijeron que no valió la pena de meterse en camisa de once varas. En cambio, Maclovio soltó una risa bastante bondadosa pero a la vez nerviosa.

«Para que refresques tu memoria,» advirtió Paquito, muy amigo suyo a pesar de ser ateo, «los monjes cachondos de ese lugar van tejiendo sus telerañas de maldición con los pobres chamacos huérfanos. No más tienes que mirarlo descomponiéndose todas las tardes en la tele allí en vivo desde el Palacio de Justicia.»

«Paquito tiene razón,» se apresuró a aclarar Ernesto, un estudiante de matemáticas y precisamente otro socio del gran piso ubicado en el mero corazón de Crisanto que compartieron con tres personas más. «Nadie que esté en su sano juicio lo haría.»

Maclovio sonrió dulcemente. «A mí no me molesta correr el riesgo,» esgrimó él como último argumento. «No se olviden ustedes que Dios estará siempre conmigo y con todos que estén llamados a cumplir su voluntad aquí en la Tierra.»

Para dicho propósito se abocó a la tarea de «reformar» el monasterio con todo empeño, aunque en este momento, las horas más tempranas del nuevo día (efectivamente su primer día entero en este santo lugar) su mente estaba un mar de dudas y tenía los nervios a flor de piel.

---¿Cómo demonios les voy a impresionar a mis hermanos monjes? ---aventuró preguntarse---. No soy digno de ser como ellos ni merezco estar aquí dentro de estos muros. No me sorprenderá si me quitan la máscara de esta farsa que he estado viviendo ya por muchos años.

En medio del revoltijo que eran sus pensamientos se fijaba en algo muy raro através de la larga calle que condujo hacia el pie de la montaña: la calma auténtica e incondicional. Era un instante fenomenal cuando la oscuridad de la noche ya desapareció y la luz del sol era tan rebosante en el valle abajo así como en este lugar sagrado donde pasó rozando por encima. En esta ocasión los grillos ya habían dejado de chirriar y cuanto antes empezaron a cantar miles de pajaritos todo alrededor. La dulzura de su concierto rivalizó cualquier orquesta humana. La belleza de tal cuadro estaba meciendo algo adormecido dentro de él.

---¡Embustero! ---le gritó una voz imaginaria---. ¡No cometerás actos impuros!

A mitad de su angustia sobre sus pecados, en especial «*el amor que no se atreva mencionar su nombre*», sonaba en sus oídos un ruido metálico fuerte como si hubiera cerrado una puerta gigantesca.

---¡Mentiroso! ---lo ensordeció otra voz misteriosa e invisible---. No te echarás con varón como mujer: es abominación!

---¡Ay no! ---se horrorizó el joven---. Cuántas veces me han acompañado esas palabras intimidorias durante mi vida. Ni siquiera me dejan en paz aquí.

Aún más espantoso era el estruendo de otras frases, o sean meros versículos de la Santa Biblia, las escrituras que Maclovio amaba desde su niñez y sabía casi de memoria. Esta vez la voz imaginaria no era más que un susurro, pero con el énfasis en algunas palabras clave: «*Y cualquiera que tuviere ayuntamiento con varón como mujer, abominación hicieron; entrambos han de ser muertos, sobre ellos serán su sangre.»*

De repente una sensación de inepitud total así como una tremenda debilidad se adueñó de él y se desmayó. Después de un ratito (él mismo no sabía cuánto tiempo y jamás lo iba a saber) se despertó de nuevo en su propia habitación dentro del monasterio, todavía vestido de la camisa amarilla y el pantalón gris, pero se quedó remoloneando en la cama sin poder levantarse. Lo atendieron dos personas bien parecidas que lucieron elegantes en sus trajes de color almendra con botones de perla y fulares de seda rosa que revolteaban ligeramente en una brisa extraña.

---¿Quiénes sois vosotros? ---les preguntó Maclovio, restregándose los ojos para espabilarse de su somnolencia.

---Si te refieres a nuestros nombres ---le respondió el más alto, güero y pálido--- pues me llamo Leo. Mucho gusto de conocerte.

---Y yo soy Marc, servidor ---añadió el otro, alto al igual pero moreno y bronceado---. Perdónanos nuestra falta de modales. No desearíamos que te asustaras.

Su manera de hablar era bastante chapurreada ya que no pronunciaron con facilidad las palabras de la jerga nacional. Sin embargo a Maclovio no le costó mucho entenderlos. Antes de que les pudiera preguntar de dónde vienen pues lo interrumpieron con los dedos índices levantados.

---Somos misioneros norteamericanos, unos invitados bienvenidos a tu lindo país. Soy estadounidense, originario del estado de Indiana.

---En cambio yo soy canadiense y vivo en la provincia de Quebec. Allí hablamos tanto el francés como el inglés. Fíjate, ya sabemos que te llamas Maclovio y que estás muy apurado. Venimos a ayudarte ya no estar tan inquieto.

El comportamiento estrafalario de estos dos «misioneros», a pesar de ser corteses y simpáticos, lo indignó hasta tal punto que se avergonzó.

---¿Que pretendéis? ---inquirió el joven entre sollozos---. No quiero que vosotros polemicéis conmigo. Soy vil pecador y según las escrituras no hay redención para mí. Por el amor de Dios, ¿qué voy a hacer?

Con un gesto de la mano el güero le indicó que se tranquilizase.

---En primer lugar ya sabemos que eres salvo ---afirmó él--- porque confesaste con tu boca al Señor Jesús y creíste en tu corazón que Dios lo levantó entre los muertos. Esta salvación no te rechaza nadie.

Estas palabras del Nuevo Testamento le sirvió de ungüento sobrenatural a Maclovio para refrescar su alma. El quebrantamiento que se sintió anteriormente desapareció en un abrir y cerrar de ojos. De todas maneras se quedó nadando entre dos aguas en cuanto a las escrituras sagradas, las cuales a su juicio nunca se equivocaron. Los jóvenes misioneros contaban con sus interrogantes y molestas disyuntivas.

---En segundo lugar ---le aclaró el moreno--- leímos y comprendemos siempre la Palabra de Dios en traducción de los manuscritos con anotaciones originales en hebreo y griego. Además de ese escollo referente a las traducciones hemos que tener en cuenta las costumbres anticuadas de aquel entonces, cosas que a veces nos resultan difíciles de entender e imaginarse hoy día.

--- Por ejemplo? --- preguntó Maclovio, suspicaz.

---Los sacrificios ---sugirió Leo, fruciendo el entrecejo---. Aquellos principios existían no sólo para los pueblos sagrados y bendecidos por el Padre Celestial que sacrificaban corderos (no olvidando que el mismísimo Señor Jesús se conoce al igual como «El Cordero de Dios»), sino también entre los paganos y filisteos que muy a menudo acudieron a sus templos para tener relaciones sexuales con el propósito de sacrificar a sus falsas divinidades e ídolos. Por eso el Apóstol Pablo los calificó en su epístola a los creyentes en Roma como «*los hombres, dejando el uso natural de las mujeres, se encendieron en sus concupiscencias los unos con los otros, cometiendo cosas nefandas hombres con hombres, y recibiendo en sí mismos la recompensa que convino a su extravío*».

---Los sacrificios a aquellas entidades--- continuó Marc--- no tiene nada que ver con el amor y respeto que hay entre personas del mismo sexo ni su fe u obligación a cumplir la voluntad de Nuestro Dios que nos ama y desea que trabajemos por su reino y la gloria.

Los jóvenes misioneros y el chico recién llegado al monasterio se miraron fijamente a los ojos.

---Ahora bien, ¿qué onda, Hermano Maclovio, Siervo del Altísimo? ¿Sí entiendes lo que te decimos?

El joven sonrió de manera forzada. En realidad esos relatos no le parecieron verosímiles. Se dio cuenta de que tendría que llevar un tiempecito para poner su mente a carburar.

---Entonces, ¿te ha comido la lengua el gato? ---dijo Marc, aguantando las ganas de reír---. Es demasiado, ya lo sé. No tengas cuidado, poco a poco descubrirás todo lo que te dijimos.

---Y sabrás también que no has venido aquí para «*re*formar» sino para «*trans*formar» este monasterio y enriquecer la vida de tus hermanos en Cristo.

Maclovio se quedó más o menos satisfecho con este informe alentador. Quiso preguntarles algo, pero los dos se apartaron sin decirle nada. De repente el joven supo que ya no estaba en su cama, sino en medio de la misma calle donde se había desmayado antes. Había estado tan entretenido por los dos misioneros que no era consciente de los muchos pasos que habían dado en su presencia mientras le deslumbraban con sus palabras fascinantes y abrumadoras. En este momento no se les veía por ninguna parte. Y ¡cómo hacía un sol con justicia a esta hora!

---¡Heeer-maaah-noooh Maah-clooo-viiiiiooo! ---gritó alguien hasta quedarse ronco, de la misma manera que los hermanos monjes lo saludaban cuando llegó por fin al monasterio---. Ven conmigo, no debes saltarte el desayuno.

Se le acercó el Hermano Adán a paso lento y lo tiró suavemente de la manga. Maclovio parpadeó y estaba ansioso por compartir con él y los demás del monasterio lo que le había sucedido a partir del amanecer. Se rasgó la cabeza.

---¿A dónde se irían? ---exclamó---. Son unos hermanos tan inteligentes. No tenía ni idea que había invitados aquí.

El Hermano Adán lo miró asombrado. Volvió a tirarlo de la manga e hizo señas para que le acompañara al refectorio.

---Te equivocas, Hermano Maclovio ---le avisó---. No tenemos nunca a invitados aquí. Hay solamente los hermanos monjes y ahora tú con nosotros.

Capítulo 11   PEOR ES MENEARLO

Salvo que el refectorio estuviera bañado de sol entrante por las pocas ventanas de ese espacio, se veía como una cueva. Los hermanos monjes asistían al desayuno así como a todas las otras comidas en un ambiente oscuro como boca de lobo. Durante ciertas horas los hermanos sentados en el otro extremo de la mesa grande desaparecieron en la oscuridad que los envolvía. Solamente por sus pasos que relumbraban en esta caverna profunda se sabía que muchos otros hermanos estuvieron presentes.

En cuanto a Maclovio pues pronto se acostumbró al nuevo entorno. Miró a su alrededor y estaba muy alegre. Todavía no obtuvo sus nuevos ropajes y por eso le resultó posible llevar toda la ropa que trajo consigo en la maleta y su mochila. Los hermanos le pidieron disculpa por la falta de permiso de parte del Padre Anselmo que por lo pronto no estaba disponible a causa de su exilio y el voto de silencio.

---Ojalá que no te importe el descuido ---le pidió el Hermano Adán---. Ten la plena seguridad que perteneces cien por ciento aquí entre nosotros y que te amamos muchísimo.

---Sí, Hermano Maclovio ---siguió el Hermano Gaetan («el Sapo»), pestañeando tan amablemente que le distraía al joven--- tus lindas camisas, tus pantalones bien apretadados, los zapatos negros y lustrosos, en fin, toda tu ropa nos recuerda cómo éramos una vez en el pasado y que de veras ya no añoramos nada.

Maclovio sonrió a pesar de haberse enfadado un poquito con su estado desventurado.

---¡No me lo recuerden a mí! ---insistió él---. Les ruego que me traten siempre como uno de ustedes en vez de uno de aquellos modelos que lucen tan jóvenes y guapísimos en las pasarelas. Después de todo, nunca he estado pendiente de la moda.

---¡Ay, por favor olvídalo! ---gritó el Hermano Marcos («el Feo»)---. ¿Acaso no los consideras demasiado flacos? Te confieso que les tengo celos.

Por casi treinta segundos reinaba el silencio más avergonzoso que se podía imaginar. No auguraba nada bueno y el Hermano Adán estaba para regañarle al «Feo» cuando interpoló Maclovio con una observación que efectivamente ya no les permitió a ningunos de los monjes levantar el liebre.

---Fíjense, Hermanos ---empezó--- cada quien tiene su propio encanto. Algunos son flacos, otros gordos, altos, bajos, bellos, feos, rubios, morenos, etcétera. La lista es interminable.

Tenía ganas de añadir que desde su llegada aquí pues no había podido dejar de mirar los labios carnosos del «Feo». Sin embargo no tenía valor suficiente para decírselo. Estaría en desacuerdo con su propósito.

---No te dejes arrastrar por esa idea, querido hermano ---le dijo Gaetan y a Maclovio le sacudió cuanto antes de su reflexión---. Aquí no somos tan soberbios que tenemos que vigilar el peso todo el tiempo. Se preparan comidas naturales u orgánicas con muchas vitaminas. En nuestra cocina hay de ser todo sabroso y nutritivo para fortalecernos. El trabajo por todos los rincones del monasterio es duro pero agradable a nosotros.

Durante el próximo quince minutos cuando los platos con sus huevos revueltos bien calientitos y el tocino crocante y todavía chisporrateando estaban consumidos con fruición, Maclovio llegó a conocer el funcionamiento entero del monasterio: la lechería y el ordeño cotidiano de las numerosas vacas, la alimentación de los pollos, patos, gansos y pavos que corrieron alrededor de los graneros gigantescos, el mantenimiento de los corrales y las cabellerizas, la labranza de la tierra en los jardines rebosantes de fruta jugosa y verduras frescas así como la cultivación de los terrenos muy extensos que cada año produjeron una cosecha abundante, no olvidando de sus varios viñedos, huertos y bosquecillos juntos a una almazara auténtica y la gran estructura circular ubicada en medio de los campos que era el apreciado lagar.

En resumen, la autosuficiencia de esa «empresa» era impresionante. El joven recién llegado soñaba también con restablecer la escuela y las clases del catequismo así como infundirles ánimo a sus hermanos queridos para que se atribuyaran el mérito referente a sus logros no a sí mismos sino que le dieran toda la gloria, honra y alabanza al Padre Celestial. El poco tiempo que ya había pasado con esos compañeros «ostensiblemente» católicos pues Maclovio se había fijado en su actitud coscolina de autosatisfacción. Tuvo grandes aspiraciones para el monasterio y quizás estuviera picando demasiado.

---Me consta que hay mucho que hacer ---pensó él seriamente--- pero me acuerdo de las palabras de los jóvenes misioneros que «no vienes para *ref*ormar sino para *trans*formar». ¿Quién soy yo para juzgarles? Desde ahora, ¡borrón y cuenta nueva!

Mientras el neófito escuchaba con interés los consejos de sus hermanos monjes sentados en la mesa y untaba con mantequilla y mermelada su quinta tostada hecha del pan recién horneado, el sol de la mañana entró de lleno por el ventanal y por fin todas las caras de sus compañeros eran visibles. Cientos de quilómetros bien lejanos del monasterio y las montañas altas, pues el mismo sol quiso brillar en vano tras la nubiosidad sobre la ciudad capitalina de los aquaitanianos, aunque poco a poco se estaba despejando. En vez de un montón de gente o una vajilla sin fin, una friolera de dos platos semejantes de huevos revueltos, tocineta crujiente y pan tostada se encontraban en la mesa de la cocinita que pertenecía a la vieja casa de postas en la cual moraba el chofer Maximiliano. De hecho, los blanquillos no estaban recién traídos del gallinero aquí en Lomas de San Agustín comparados con los huevitos fresquísimos u orgánicos de Santa Eufemia de los Lagos, sin embargo todo lo preparado por el hombre güero y fornido estaba bien rico. [Cocinar era un

103

talento más de ese hombre extraordinario]. En cuanto a su desayuno especial, Dieguito lo diría también así: «hasta para chuparse los dedos».

---¿Acaso comes tú un tal desayuno todos las mañanas? ---le preguntó a su anfitrión, todavía disfrutando de otra buena ración de tocino y bebiendo a tragos un jugo de naranja.

---¡Ni a cañones! ---respondió el chofer, medio riendo y medio llorando---. Contigo aquí conmigo en tu casa es algo distinto.

---¿Por qué?

---Normalmente no tengo hambre mucho más antes del mediodía. Me suelo almorzar junto al personal de la casa grande, o sean los otros siervos y asistentes al viejo Señor Puccinelli y su hijo mimado. Afortunadamente es nuestra comida principal de cada día. El joven Gustavo es muy exigente y requiere que lo conduja acá y acuallá con cualquier pretexto y con muy poca antelación. De manera que muy a menudo mis comidas son bruscamente interrumpidas.

Diego alzó la vista y se quedó aturdido.

---¿Es que el joven no sabe manejar? ¡Qué lástima que no saque su propia licencia!

El chofer sonrió por lo bajo mientras apagaba el fogón. Se sentó frente a Diego y empezó a zamparse un plato entero de huevos, tocineta y pan tostado con mantequilla de cacahuete, una de sus pocas rarezas.

---¿A quién diablos crees que estás engañando,

nene? ---preguntó en metáfora---. Un joven riquísimo como Gustavo Puccinelli ni siquiera sabe manejar ni tiene que aprender. En cuanto a él pues todo el mundo se muestra demasiado solícito. ¡Imagínate! Durante toda su vida, todos sus veintipico años en esta planeta nunca, ---¡*nunca*!--- ha tenido que abrir o cerrar una puerta. Efectivamente se desliza hacia la entrada o salida de una habitación u otro lugar y ¡zas! hay un tal lacayo para abrírsela. ¿Qué te parece?

A Diego le costó creerlo y se quedó boquiabierto.

---Debe ser lindo vivir en un mundo así ---supuso él---. Comienzo a ver claro. Una vez el señor Aguirre nos dijo: «quien paga, manda».

Los dos, hombre y muchacho, guardaban silencio un ratito, mirándose con una mezcla de simpatía y tristeza. Tan de improviso exclamó el chofer con un ronroneo en su voz:

---Cuando crezcas y seas famoso, Dieguito, eso habrá de acontecerte a ti también. Te lo juro por Dios. No serás ni mimado ni lisonjeado como ese joven que es puro aficionado que no mueve un dedo jamás, sino vas a ganar la fama y el respeto que mereces por causa de tu talento, tu encanto y tu buena presencia delante del público. Sabrás aprovechar muy bien tu atractivo.

---Gracias ---respondió Diego, halagado---. Tú eres el primer adulto que me lo dijo así. Sospecho que algún día puedo aprovechar de todo lo que el mundo ofrece sin que los malditos me aprovechen de mí. Te confieso que a principios te creí uno de aquellos, precisamente como tu patrón, cuando me permitiste usar tu cama para velar aquí toda la noche.

Maximiliano se rió, además de sacudir la cabeza. Estaba poquito consternado por esos detalles referente a un muchacho pobre e indefenso como Diego. ¿Qué cosas terribles ya hubieran acontecido en su vida tan corta?

---Tenía que tomar la decisión ---empezó a explicarle--- si fuera mejor regresarte a tu dormitorio o simplemente dejarte aquí conmigo en la casa de postas. En realidad, casi nunca me acuesto en la cama porque tengo que estar las veinticuatro horas encima, todo el rato alerta en cuanto al joven y sus caprichos. Me imagino que con tu cansancio abrumador después de todo el fervor del espectáculo y la cita descabellada e impropia en el gran salón de la casa mayor con mi jefe, pues hubieras tenido un sueño avasallante. Soy yo que te arropé y te acosté sin tocarte como esa gentuza que me mencionaste.

Diego trepó las piernas en el sofá y se enconchó sobre ellas. ¡Qué hermoso podría ser quedarse aquí junto a este hombre tan amigable y hasta compinche! Desde hacía largo tiempo el chico había perdido la esperanza de encontrarles a personas decentes en este mucho cruel e insensible. Sin embargo ya se dio cuenta que el dirigente estaría enojado de él. La cita con el joven rico no había salido bien y por eso se halló en una situación insostenible. Seguro que le iba a dar una paliza de aúpa como lo pillara por el fracaso en cuanto al joven Gustavo.

---Tengo miedo de regresar al dormitorio ---replicó Diego con la voz entrecortada---. El señor Aguirre me va a agarrar por el pescuezo y pegarme.

Esto y mucho más referente al comportamiento del muchacho le proporcionó al chofer una idea cabal del asunto. Volvió a callar y asintió mecánicamente mientras el chico le platicaba acerca de toda su tristeza y amargura. Por fin jaló su sillón de mimbre y se sentó a su lado, poniéndole una mano sobre el muslo. Sus ojos le fijaban a bocajarro y no desviaba su mirada ni ápice.

---No te pongas así ---le suplicó --- te vamos a sacar de ese infierno donde vives. Si mal no recuerdo, todavía sigue prohibido bajo la ley el consumo de bebidas alcohólicas por menores de edad. Y aun peor: si un adulto como mi jefe le ofrece a un niño como tú---

---¡No soy niño! ---interrumpió Diego, nuevamente tirado en el sofa---. Vamos a aclarar las cosas.

Maximilano se asustó. Hacía falta que un hombre tuviera mucho valor para equivocarse.

---No te desquites conmigo, amiguito. ¡Retiro lo dicho! No me vas a pillar expresándolo así otra vez. Ahora bien, como ya te expliqué, si un adulto se las ofrece a un chico con motivo de engatusarle para que tenga relaciones sexuales, pues se le están subiendo mucho los humos y necesitamos castigarlo al cabo y al rabo.

Diego le prestó toda su atención al chofer y en su mente estaba pegado a una que otra palabra. De todas maneras le pareció inútil que tal milagro sucediera en un país como Aquitania. Supo desde su niñez que los más corruptos nunca obedecieron las leyes ni las tomaron muy en serio. Las malas circunstancias para la mayoría de los habitantes siguieron desesperadamente adelante y no hubo remedio ni salida para ellos.

---No tiene sentido pensarlo ---masculló el muchacho, azorado---. Hasta donde entiendo los ricos como tu jefe seguirán gastando dinero sin mesura y haciendo lo que les dé la gana.

Maximiliano se encariñó con el muchacho más y más. Estaba seguro que Diego ya pintó su raya en cuanto a su destino. Ya sabía más sobre el mundo que cualquier otro muchacho de su edad y efectivamente (acaso lamentablemente) muchísimo más que la mayoría de los adultos que conocía.

---El escuincle podrá ser peligroso ---pensó el chofer y se rió para sus adentros---. Si alguien le ofende en el futuro, pues tendrá que vérselas con un montón de sus admiradores.

Algo semejante le ocurrió también al joven rico que llevaba un cebollón enorme cuando se despertó esta mañana en su propia alcoba lujosa. No recordó nada de lo que hizo para llegar a su cama. Después de que se fuera Dieguito anoche pues siguió tomando botella tras botella entera del burbujeante.

---El «champán» es una palabra que no tiene un sonido exclusivamente auténtico a mis oídos australes ---exclamó Gustavo en plena borrachera--- y no lo aguanto más.

Sacó un frasquito del bolsillo de su traje elegante. Desenroscó la tapa con dedos temblorosos y tragó una cuantas pastillas, acompañándolas con grandes sorbos de varias copas más de licores surtidos. Era una mezcla bastante arriesgada porque la droga contenía rastros de un poderoso alucinógeno alcaloide.

---¡Puuuh! Me lo paso por los cojones ---se rió con sorna---. ¿Cómo se atreva huir despavorido un muchacho como él que descuella entre los demás? Si se hubiera quedado un ratito más, seguro que le habría perdonado por haber volcado el escaparate. Ni modo que no tuve cojones de decírselo a la cara. ¡Qué pena que no me pudieras leer la mente, muchachito!

Todo se volvió borroso en aquella mente y el joven tuvo una sensación de hormigueo en alguna zona crepescular de su cerebro. Las travesuras del escuincle y la reacción visceral del joven vástago eran irrefutables, por eso su estado de embriaguez y toxicomanía le desanimó y tuvo que aguantar lo más recio de sus propias debilidades.

---¡Qué debilidades ni qué coño! ---reflexionó él tan pronto que bebiera el último sorbo de su trago. Percibió el tilín de los hielos en la copa vacía y lánguidamente tiró el cordon para que viniera

Bartolomeo, su siervo fiel que sin lugar a dudas ya habría destapado una botella más de escocés, de ron, de ginebra, fuera lo que fuera, y estaría para traérsela en seguida.

Siempre dio por sentado que sus lacayos como el viejo Bartolomeo y el joven Maximiliano estarían disponibles para atenderlo y hasta adivinar sus antojos antes de que él mismo los inventara y cumplirlos a la perfección. En especial el mayordomo tenía facilidad de apaciguarlo y aligerarlo durante los tiempos más difíciles.

---Puros aduladores ---se dijo mareado, casi escupiendo las palabras--- que no saben más que hacerme la pelotilla. Les puedo embaucar para que hagan lo deseado a cada rato. ¡Ay, cómo me encanta mandonearles a los bobos de este mundo!

El mayordomo apareció en el marco de la puerta y le taladró al joven con la mirada. Enseguida Gustavo se fijó que el fiel siervo no llevaba ninguna bandeja con la botella o petaca deseada, sino un tipo de cuaderno oscuro. El joven no distinguió bien si era puro negro o simplemente un azul añil. De repente su rostro se crispó por la ira y estaba para ahuyentarlo a bufidos.

---Tráigame un grima de licor ---vociferó --- y no joda más. No tiene puñetera idea cómo me duele el coco. ¿Qué coño pretende usted con este cuaderno? No soy director ejecutivo multimillonario y usted no es mi secretaria.

Bartolomeo avanzó hacia su jefe, inclinándose

ligeramente sin dirigirle palabra. Abrió el cuaderno y sacó una carpeta, también de azul oscuro u ocre. Desplegó las faldas y se reveló como un sobre cubierto de sellos duros y entrecruzado de hilos rojos.

---Quería sellarlo con mi propia sangre ---reflexionó él sobre su mar de ingenioso y señaló con una mueca--- pero lamentablemente acabé conformándome con lacre.

Desenredó el hilo rojo que unía los sellos del sobre con la pestaña y extrajo una sola hoja de papel cebolla, tersa y dúctil al tacto como tela. El joven se enderezó en su cama.

---¡Ay carajo! Es una de esas numerosas invitaciones escritas a mano en un trozo de pergamino viejo. Échela a la basura cuanto antes. No quiero leerla ni ahora ni jamás.

Arrugando severamente el entrecejo y parpadeando una veces, añadió enfadado:

---Y bórrese esa sonrisita de su pinche cara.

El fiel siervo se quedó parado sin saber qué hacer después, aunque tuviera algunas ideas. Estaba dispuesto a escoger sus palabras, sugerencias y consejos con mucha cautela así como un alto grado de ternura y compresión.

---Le suplicaría que no ignorase usted el contenido de este papelito ---empezó--- porque estoy convencido de que le va a despertar el interés.

Bartolomeo se agachó para recoger el papel cebolla y lo extendió encima de una mesita a costado de la cama donde estaba «sentado» el joven. Gustavo echó una ojeada al texto, incluso a unas cuantas frases subrayadas y varias palabras en bastardilla. Gotas de sudor se deslizaban por su frente. Se le cayó el papel e hizo un gesto de espanto.

---¡Hijo de puta! --exclamó y se frotó las manos con rabia---. De hecho, «A Quien Corresponda», ¿eh? Pues le digo que no pienso claudicar ante este chantaje, lisa y llanamente.

Bartolomeo sacudió la cabeza con incredulidad.

---No sea tosco, querido joven ---le pidió---. El chantaje es un término bastante fuerte y no apropriado en este caso.

Gustavo lo miró a soslayo con una mirada de censura, sin ningún matiz de súplica en sus ojos inyectados. No se inmutó ni se alteró por la audacia del siervo. Le hizo una mueca de burla.

---¿Qué se cree? ---le preguntó con retintín. Sin motivo aparente se fijó en la frente despejada del mayordomo y su copete erizado que empezaba a escasear---. No hay ninguna razón para atormentarme de esta manera a causa de mi manera de vivir. Ya sé que no le parece bien ni sano. Casi todo el mundo opina así, aun por lo pronto a principios de la segunda década del nuevo siglo. ¿Qué se le va a hacer? Si de mí depende, pues no hay más remedio.

Bartolomeo arqueó las cejas. Con su fijeza insoportable estaba cierto que poco a poco se estaba degastando al joven vástago atemorizado.

---Me atengo solamente a los hechos, mi distinguido señorito ---respondió él con un título de la antigüedad que se usaba por los solteros de aquel entonces, junto a una voz desvanecida que inequivocamente adoptaba su cólera---. Soy el que reparte ahora la baraja y si no me equivoco pues todas las cartas quedan volteadas sobre la mesa. Es que no se me da un comino de sus jueguitos o porquerías con los demás chicos de este mundo. Es asunto suyo, señorito mío. Lo único malo que a mí no me gusta es traerse problemas en cuanto a los menores de edad. ¿Me entiende?

Gustavo se encogió los hombros. ¿Era posible que esperaba el mayordomo en serio que se lo creyera sin ton ni son? Siguió mirándole de reojo y pensando cómo sacarselo de encima. En cambio Bartolomeo se deshizo en suspiros.

---Sospeché que usted iba a reaccionar exactamente así ---replicó --- y por eso saqué algunas copias más de la misma carta y las tengo todas listas para entregar si me conviene.

---¿¡Si le conviene!? ---gritó el joven---. ¿A quién?

---Hmm… a varias entidades jurídicas, políticas u oficiales. A los señores jueces en el Palacio de Justicia, por ejemplo. Seguro que les va a interesar.

---¡Canalla!

No se sabía precisamente si las vistas maravillosas desde el rascacielos «*Belvedère*» en el mero corazón de Ciudad Crisanto eran suficientes para alcanzar hasta los terrenos amplios en Lomas de San Agustín. Se suponía que a Fernando, muy amigo de Dieguito y el muchacho consentido del libidinoso señor Llach le resultaría posible vislumbrarlos. Después de todo, su nuevo ajuar de lujo estaba colocado contra el ventanal panorámico en el ático del piso más alto.

Vestido de una monada de enterizo de tono pastel salpicado con una caricaturas estampadas («*¿¡qué más niñato podría ser?!*» había pensado el pobre escuincle con rencor) y rodeado de toda comodidad en su corralito hecho de encargo exclusivamente para él («*a ver, si ese enfermizo Llach me aprecia demasiado y se fía mucho de mí, ¿por qué diablos tiene este pinche corralito tantas bisagras, estos sorportes protegidos y la maldita cerradura? ¡Me guarda bajo siete llaves!*»), se sintió lo mojado de su pañal desechable con asco, no mencionando cierta irritación.

Semejante a los caprichos del joven vástago que vivía en Lomas de San Agustín, pues este «bebito» tenía al igual un cordón para tirar y llamarle a su desquiciado «padre de acogida». La puerta se abrió de golpe y vino el señor Llach, su bastón con la contera de oro en la mano y sus piernas temblorosas avanzando a paso de tortuga.

---¡Uaaaaaaaaaah! ---lloró ruidosamente como al viejito lascivo le encantaba---. Hice pipi y caca en mi pañalecito. Le ruego que me lo cambie cuanto antes.

---¡Oh nene! Cuánto gusto me da que utilices tus

pañales tan provechosamente ---dijo ceceando el mal encarado Llach--- y si no tienes nada en contra pues permíteme que te deje mojado y sucio un ratito para poder enseñarte algo muy especial.

Fernando puso los ojos en blanco y respiró hondo.

---Ahora bien, pero apúrese, que no aguanto lo blando y maloliente de esta pendejada.

El viejito frunció los labios y sacudió con gran pesar suyo la cabeza.

---Tsk, tsk ---chasqueó la lengua en señal de desaprobación--- otro «*pero*» tan picaruelo de tu boquita muy chula. Tendré que sacar el librito y apuntarlo sin falta. Para que te calles por lo pronto pues te voy a meter el biberón de una vez y puedes chupar tranquilamente.

(«*¡Ay, otra vez el biberón!*», gritó Fernando para sus adentros y comenzó a chupar con avidez e insolencia. «*Si me platica acerca de los detalles de su testamento en el cual me va a nombrar heredero de sus millones, pues creo que puedo soportar este pañal de mierda unos momenticos más.*»)

A este niño mimado y zangolotín se le pusieron los ojos como platos. Siempre aconteció esto cada vez que tenía el biberón o su chupete en la boca. No paraba de mirar fijamente los rasgos más aborrecibles de este hombrecito de edad avanzada tan huesudo, paliducho y más encorvado con cada día que pasaba. Notaba sobre todo la nariz levamente ganchuda, la sombra azul oscuro sobre los

párpados, la mota sumamente espantosa cubierta de pelitos negros y rizados en la mejilla, la piel rebosante de arrugas y venas púrpuras y reventadas; en fin, una total gilipollez. ¿Adónde iba a parar todo esto?

Por lo visto «Bebito» Fernando estaba tan distraído que no se dio cuenta de un cofre encuadernado de cuero que llevaba el señor Llach. Tenía un tirante con grapas doradas para poder colgarlo al brazo u hombro. Por unos segunditos el muchacho se alegró de que pudiera contener los documentos tan codiciados acerca de su herencia prometida, pero enseguida se le cayó el alma a los pies en cuanto el anciano con su mueca desagradable lo abrió.

---Échale un vistazo a estos preciosísimos consoladores de hule que me acaba de enviar un fiel abastecedor mío que vive en Holanda ---anunció con gran estusiasmo y ánimo, hablando remilgadamente y andando con pasos medidos como se hubiera rejuvenecido---. ¡Imagínate cómo nos vamos a divertir, mi queridísimo niñito pelirrojo con tus pecas incontables!

Capítulo 12   EN LA FLOR DE SU CARRERA

Un puñado de gente de todas edades esperaron entre la penumbra de los bastidores. Era una mezcla de admiradores, envidiosos y puros celosos. Los admiradores lo felicitaron por su gran éxito mientras los envidiosos ansiosamente querían ser como él. En cuanto a los otros que le tenían celos pues ya sabían que nunca iban a alcanzar su nivel de lo aparatoso y desbordado de estilo y vistosidad. Esos pobres siempre estarían condenados a quedarse detrás del escenario.

Antes de salir a la pasarela su atención reparó en todo ellos sólo con el rabillo del ojo. Eran integrantes del mismo equipo como él, tipos de muchas naciones y de todo índole. Todos eran guapísimos, pero ellos estaban de acuerdo que el chico dorado aquitaniano tenía un rostro mejor tallado así como estrañamente cándido, casi misterioso. Comparado con los demás no tenía un ojo cazador ni oteaba de aquí para allá, sino se quedó muy centrado, dándose cuenta de que estaba el foco de atención ya que todos lo miraban fijamente.

Por supuesto este abrigo marrón con el cuello subido le vino bien. Después de todo era una creación exclusiva de la Maison Llach et Dudamel especialmente diseñada para él. Diego se acordó con cariño de su mejor amigo Fernando, el más afortunado entre todos aquellos chiquitos huérfanos a cargo del señor Aguirre. Al heredar todo el gran imperio del viejito señor Llach después de su fallecimento hacía ocho meses pues uno de sus decisiones más instantáneas fue no cambiar jamás el nombre de la famosa casa de moda. El viejito siempre se distinguió mundialmente junto a su fiel socio Aristóteles Dudamel que también había muerto no hacía mucho tiempo.

En un mundo que por muchos años estaba carcomido por mentiras, pesares y sinsabores, esta vida totalmente renovada y transformada rayaba en lo increíble. Además de la continuación de estos espectáculos mundiales (hoy, por ejemplo, en Estocolmo, mañana en Barcelona, pasado mañana de nuevo en Singapur o quizás Tokio, que él creyó recordar aunque no supiera de cierto) se vio precisado a las varias sesiones fotográficas para las revistas destacadas de la industria de la confección, algunas con nombres esdrújulos.

Las exigencias de su nueva vida eran a veces en contra la naturaleza humana, raras e insoportables. Estos nuevos y mayormente desconocidos dirigentes, peluqueros, maquillistas y los demás empleados de las agencias de modelaje eran quisquillos y solían conformarse únicamente con lo mejor y perfecto.

---Deja que te quite esa pelusa del cuello ---insistió uno de ellos---. Eres tan chulo.

---No andes con un aire gacho ---gritó otro---. Por el amor de Dios, ¡ponte erguido!

---Esa cicatriz te desfigura la cara (acaso el brazo, la pierna, el tobillo o algo más) ---dijo ceceando el tercero---. ¡Libérate de ella que no te permito asistir al próximo espectáculo!

---¿Espinillas? ---protestó airadamente un empresario barbudo--. ¿Pelos encarnados? ¿Tatuajes visibles? Pues, ¡lárgate!

---Quedas avertido, nene ---exclamó un joven basicamente anoréxico, casi esquelético --- que la forma más segura de adelgazar es comer solamente filete no muy hecho y ensalada con poquito sal y limón, además de tomar una copa de vino blanco tres veces al día.

---¡Cuidado con el pinche escalón! ---regañó un entrenador descarado---. ¿¡Quién cojones te enseñó a caminar?!

---Quien mucho abarca poco aprieta ---advirtió uno de los patrocinadores en Milano---. No tengas cuidado. ¡Cálmate!

Un tipo notablemente enojón e inseguro les platicaba a los muchachos siempre en tono guasón. No les permitió ni descanzo ni tregua durante las numerosas giras. Un día su vista se cruzó con Diego. Lanzó una mirada de lascivia feroz e indisimulada hacia él.

---Hombre precavido vale por dos ---amenazó--- y no te lo voy a repetir. No te olvides que tienes el temperamento de un modelo. ¡Cultívalo! Trata de que se arraigue y luego brote. No se lo regales a nadie, amorcito mío. Tú sí me entiendes, ¿verdad?

Diego sí lo entendió perfectamente y también supo que su manera de defenderse sin decirle nada a esa gente burlona le convendría mucho más que mil palabras dirigidas con el coraje reunido y la ira reventada. Su mirada era suficiente para desbaratarles al uno u otro, junto a su viejo «compañero» de los tiempos pasados, o sea la altivez. Se mantuvo siempre firme.

A pesar de los varios consejos, fueran buenos o malos, el chico dorado no tenía que hacer nada distinto que rompiera la rutina diaria. Su dieta fue sencilla: debido a su alto ciclo metabólico pues podía comer todo lo que quisiera sin engordar ni un solo gramo. El filete y las ensaladas con sal y limón eran requisitos para los demás, pero a él le resultó posible gozar de las hamburguesas, papas fritas, leches malteadas y mucho más.

---En cierto sentido ---se dijo riendo--- es como si estuviera hecho de teflón. Nada de pega.

Y ¿con qué derecho intervino ese gamberrete flaquito y huesudo? Le aconsejó que tomara vino blanco, sabiendo bien que se les prohibió el consumo de bebidas alcohólicas a menores de edad. Era precisamente esto que contribuyó a la perdición total de Gustavo Puccinelli después de haberle echado los tejos a Dieguito. Efectivamente la cartita que escribió (pero nunca envió) el fiel siervo Bartolomeo lo había rematado.

Y no sólo eso, sino también la necesidad de fingir para poder alejarse de todos los líos que podrían resultar de la cita fugaz aquella noche. Diego, el objeto de su admiración, no tenía el modo de saber lo que había acontecido al día siguiente cuando el señor Aguirre lo había llamado por teléfono para averiguar cómo lo había pasado el joven vástago entrelazado en los brazos, las piernas y otras partes de la anatomía del pobre escuincle.

«Ay, querido señor Aguirre, ¡cuán gusto me da oír de nuevo su voz! Es que lo pasé tan agradable en unión con tu chiquito dorado que estoy seriamente agotado,» había exclamado entre sus fuertes e insoportables dolores de cabeza. «Le confieso que el muchachito es demasiado para mi cuerpo, aunque le parezca mentira. Mire, mi buen señor, le ruego que ya no me lo mande porque una cita con él vale por mil con otro muchacho. ¿De acuerdo? Ahora bien, en cuanto a la próxima cita le diré que mejor sería alguién simpático y guapo. Prefiero un hombrecito mayor de dieciocho años, si tiene la bondad. A mi edad,» había añadido soltando una risita nerviosa, «resulta que esos chiquitos linditos como Diego Del Toro me están acabando. Usted haría bien en presentarselo al resto del mundo, sobre todo el mundo maravilloso de la moda. Él lo merece y estoy seguro que nunca se va a arrepentir, señor.»

A Basilio Aguirre le había sorprendido esa nueva actitud de parte de su cliente más cachondo, pero de todas maneras le había cedido terreno sin haberle dicho nada en contra. «Si se queda satisfecho con Diego, querido señor Puccinelli, pues menos mal que le había gustado. Me alegro y hasta pronto»

En aquel entonces y hasta hoy le dio muchas

vueltas al escuincle a pensar en su regreso poco después de las cuatro de la tarde al despacho del señor Aguirre, cayendo de nuevo en las garras del dirigente y viviendo aterrorizado por la idea de que lo agarrase y enseguida estuviera para sacarle las tripas. Sin embargo eso no había acontecido jamás. Al contrario, el bondadoso señor Aguirre («¡*no sé lo que le pasa!*») lo había felicitado y al día siguiente comenzado a arreglar sus primerísimas giras nacionales e internacionales por medio de la famosa agencia de modelaje «*Vibrante*».

---Ya sabes que me encolericé demasiado de esos abusos ---le explicó Fernando durante una videollamada---. Cuando por fin obtuve todo el dineral que el viejito Llach me había dejado pues les hice un montón de donativos a todos nuestros cuates de la «época Aguirre», si entiendes lo que te digo. Tomás, Rogelio, Esteban, Manolo, Ricardo y sobre todo Luisito se alegraron de que ya no tuvieran que abrir sus ojetes para ser enculados por esos malditos «caballeros» de la confección infantil.

---Referente a Luisito fueron solamente las cosquillas ---respondió Diego---. Pero abuso es abuso, no cabe duda.

---Tienes razón, amiguito. Me da risa todavía que tú mismo no aprovechaste nunca de los millones que te estaba para entregar.

---Ay, ya sabes que tengo mi propio orgullo que a veces sufre un golpe --- alardó Diego con una mueca---. En serio, ya he recorrido casi todo el mundo durante los últimos siete u ocho años y la totalidad de mis ingresos personales ha sido enorme. Los desafortunados no sólo en nuestro país querido sino también en muchas otras partes del mundo están sufriendo muchísimos apuros y vejaciones. La mayoría de nuestros espectáculos hoy día tienen el próposito de recaudar fondos destinados a obras benéficas.

---La caridad bien entendida empieza por uno mismo, hombre.

---Puede ser. Pero de veras no tengo a nadie. Soy libre de hacer lo que quiero.

---Gracias al dinero somos todos en las mismas circunstancias ---le aseguró Fernando---. A propósito, hablando de Luisito, ¿te enteraste de la boda entre él y su novio irlandés, Declan?

---Segurolas, y te confieso que me sorprendí mucho porque el pibe siempre insistió que no era maricón. ¿Qué crees tú que le pasó?

---Supongo que se había quejado demasiado y llegaba al límite de negar sus propios sentimientos. Brindemos por los recién casados, ¿o no?

---¿Desde cuándo se legalizó el matrimonio igualitario? ---preguntó Diego asombrado.

---Nunca serás feliz ocultando la cabeza como un avestruz. Parece que no estás muy adelantado de las noticias nacionales e internacionales.

---Debido a mi horario pues no tengo tiempo para leer ni escuchar esas novedades.

---Acaso puedes pasar algún día por aquí en

«*Belvedère*» y te pondré al corriente. ¿Cuándo quieres venir? Estoy siempre y aquí tienes tu casa, ya sabes.

---No estoy seguro ---titubeó Diego, tratando de cerrar el transcurso de la conversación---. ¿Todavía no botaste el pinche corralito?

---Por el amor de Dios, ¡no! ---replicó Fernando, indignado ante la mera sugerencia---. Ese viejito me guardaba en los pañales por tantos años que ya me he acostumbrado. Era diabólico. De una manera u otra hay un malvado placer mirar las reacciones de la gente cuando vengan a visitarme aquí. Ellos se dan cuenta que tengo toda la facilidad de manejar este gran imperio desde un corralito lujoso con el pañal puesto y listo para usar, no olvidando mi chupete favorito en la boca.

---Válgame Dios! Te has vuelto loco.

---No, solamente travieso. Entonces, ¿vienes a visitarme para que platiquemos un ratito sobre Luisito y su marido irlandés?

--- Ni madres! La última vez que te visité pues mis pobres narices nunca se recuperaron. Esa cuna tuya olía a orina y puros heces.

---Bueno, hazlo o no según te parezca.

Diego colgó y revisó su boleto aéreo ida y vuelta a Los Ángeles para asistir a la exposición de la próxima temporada. ¡Ropa de playa!

Capítulo 13   ¿QUÉ HAY DE NUEVO?

El titular del diario capitalino *Boletín Nacional* saltaba a la vista de todos los aquitanianos:

LLEGARON A UN ACUERDO

y subtitulado en letras más pequeñas:

EL MONASTERIO DE SANTA EUFEMIA DE LOS LAGOS ACEPTA UNA COMPENSACIÓN A CAMBIO DE NO SEGUIR ADELANTE CON EL JUICIO

Maximilano parpadeó dos o tres veces y empezó a leer, mayormente hojeando el informe ya que le faltaba el tiempo suficiente para ahondar en todos los detalles. Anoche le prometió a su jefe lavar la berlina plateada antes de llegar a la puerta de la casa grande para recogerlo. Sus citas con el psiquíatra eran algo de transcendencia para el joven vástago y tenía ganas de impresionarle al doctor Recklingshausen. Le importó muy poco a ese personaje de alto bordo con su canosa barba greñuda y sus anteojos gruesos la necia vanidad de su cliente rico y mimado. Según él su mejor remedio fue nada más y nada menos que un régimen de compuestos psicotrópicos con potente efecto. Llevó una tesis bastante adelantada acerca de Gustavo Puccinelli, por supuesto sin usar su apellido («*cierta persona de la flor y nata a quien no voy a nombrar*»).

El texto de su exposición inicial dijo lo siguiente: «*Por medio de su padre multimillonario vino a mí con problemas que mayormente eran una farsa; desde luego supe que el joven padece trastornos mentales.*»

La obra maestra del doctor Recklingshausen (ya había escrito un montón de libros, estudios e investigaciones) les resultó demasiado complicada y aburrida a la mayoría de los aquitanianos. Ellos preferían las noticias sobre el proceso que por mucho tiempo iba desarollándose delante de sus ojos. El ambiente de circo mezclado con los testimonios salaces le habían cautivado al público, efectivamente por una temporada, mes tras mes y año tras año. Poco a poco comenzó a menguar el interés y sólo los titulares más ardientes valían la pena de prestar atención.

El punto de inflexión ocurrió en cuanto que el juez del tribunal supremo mandó una citación al aparente obispo del monasterio para testificar en el Palacio de Justicia y dar su versión de los hechos y sobre todo su reacción a los cargos de abuso en la parroquia. Los plazos señalados para asistir vinieron y se fueron varias veces. Después de largo tiempo sin cumplir con la citación enviada los señores jueces pusieron una fecha tope para concretar los acuerdos del proceso. Mientras tanto se enteraron de que el obispo había hecho un voto de silencio y aún se había atrinchado dentro de un aposento escondido del monasterio.

 Entonces, trato hecho, ¿verdad? No había necesidad de decir algo más a la masa de gente que entró en tropel cada día del proceso y salió por última vez cuando los señores jueces llegaron a su decisión. Todos recuperaron el aliento. La vida empezó a volver a la normalidad y todos creyeron que ahora bajo el nuevo gobierno democrático no iba a pasar nada.

Dicen que no se subsana un error cometiendo otro, pero algo malo tenía forzosamente que ocurrir a pesar de los acontecimientos positivos. Algunas leyes promulgadas durante los largos años de la dictadura permanecieron en los códigos judiciales mientras la nueva época de paz, progreso y reconstrucción andaba despacio y con cautela. Los burócratas en el Palacio de Justicia habían sido tan sumergidos en las secuelas del proceso en contra de los sacerdotes y monjes que no se dedicaban por lo pronto a abrogar todo lo caído en desuso o superfluo de las leyes vigentes.

El ejército aquitaniano estaba revestido de tremenda autoridad y el poder desenfrenado. Llegó por fin el momento para dar rienda suelta a la verdad como existía en el país así como a las fuerzas sacadas de flaqueza.

Capítulo 14   UN GRAN ALIVIO

Por medio de sus esfuerzos de no *re*formar sino *trans*formar el monasterio de Santa Eufemia de los Lagos, Maclovio Casalinga había tenido mucho éxito a partir de su primer día de llegada unos siete u ocho años atrás. Esta misma mañana después de otro de sus desayunos abundantes con motivo de esforzarse para el día de trabajo alegre y bendecido que tuvieron por delante, pues se colocó en medio de sus hermanos queridos y comenzó a hablarles como de costumbre con su voz tierna.

---Por enésima vez creo que ya saben cómo les agradezco a Dios Padre así como a todos ustedes. Aunque todavía no me haya permitido nuestro estimado obispo Padre Anselmo llevar los mismos ropajes que todos aquí, siempre me he dicho miembro de esta gran familia desde el principio. Ya lo dije mil veces antes y se lo vuelvo a decir: un día de éstos me resultará posible tirar toda esta ropa vieja afuera.

Los hermanos se echaron a reír y asintieron con la cabeza unánimes.

---No te apures, Hermano Maclovio ---gritó Hermano Adán, «el Primer Hombre» a pesar de que ese apodo cayera en duda como su liderazgo anterior desde que llegó Maclovio Casalinga al monasterio ya hacía muchos años---. Nos da mucho gusto verte en tus camisas de seda y algodón, tus pantalones bien apretados y todos tus zapatitos elegantes y cotidianos.

---Te diré que anotamos siempre tus artículos de ropa bastante raída o desteñida ---añadió Hermano Edmundo, «el Güero»--- y no nos gusta estar tan tristes o deprimidos a cuenta tuya.

---Y por eso ---declaró Hermano Gaetan, «el Sapo» con gran entusiasmo--- somos orgullosos de coser, hacer ganchillo o tejer algo nuevo y bonito para que nunca te falte ropa que llevar ni te tengas que avergonzar. A propósito, ¿qué te parece el chaleco gris avellanado con el águila en verde por detrás? Me inspiró el diseño del escudo de nuestra querida patria.

Maclovio se ruborizó y quiso hablar pero no pudo. Después de un ratito se reconcentró.

---Me encanta, Hermano Gaetan, mil gracias. Ahora bien, hermanos, tenemos mucho que hacer, pues ¡a trabajar cuanto antes!

Maclovio estaba satisfecho con el entusiasmo de sus hermanos monjes. Con orgullo había podido infundir ánimo en este lugar santo. Érase una vez los monjes se zafaron con sencillez de sus varias tareas. En aquel entonces el Hermano Adán asumió el liderazgo de sus compañeros ya que de una manera u otra el obispo Padre Anselmo siempre estaba ausente. En algunas ocasiones tomó el voto de silencio y se volvió efectivamente una desaparición en lo más hondo y prohibido del monasterio. Nadie podía saber que había sido de él durante esas temporadas.

«*Limítate a hacerlo lo mejor que puedas,*» había pensado «el Primer Hombre» muy a menudo. Los hermanos se habían cumplido más o menos la mayoría del tiempo, aunque hubieran podido mejorarse a causa de cierta letargía u otros efectos tardíos de su comportamiento. Era demasiado fácil eludir sus obligaciones y evadir sus compromisos mientras estaban al socaire de las enormes responsibildades que tenían en un lugar de autosuficiencia como el monasterio.

---Desde que empecé a leer la biblia como el Hermano Maclovio me aconsejó ---exclamó Hermano Josué, «el Bigotón» (porque no tenía ni barba ni bigote, ¡por supuesto!) que hoy trabajaba con Hermano Ramiro, «el Chimuelo» (porque tenía una dentadura perfecta, ¿qué más?) en la granja avícola--- y me dedico cada mañana y tarde a las oraciones pues mi vida ha cambiado totalmente.

---Segurolas ---respondió Ramiro en espíritu medio juguetón---. ¿No te dije antes que hay muchísimo en las escrituras para animarte y darte un poquito de esperanza e inspiración?

---Sí, es verdad. Sobre todo me encantan las historias del Antiguo Testamento. Hay una maraña de intriga y los personajes de aquella época hicieron sus papeles de tal manera que les tendrían celos los meros integrantes de las telenovelas modernas.

---En cuanto a mí pues me gusta leer los episodios en el Nuevo Testamento cuando el Señor Jesús les habló con ternura y paciencia a sus discípulos y les enseñó todo lo que necesitaron saber para predicar el evangelio.

---¡Ay, y eso de estar rodeado de aquellos pescadores con sus cuerpazos torneados y firmes todo el tiempo! ---dijo Josué con un suspiro profundo. Los dos monjes quisieron contener las ganas de reír pero no pudieron. Se callaron de repente y siguieron su trabajo dándoles de comer a las gallinas antes de que alguien los oyera.

Mas allá de las cabellerizas y los graneros trabajaban una docena de hermanos monjes en el manzanar. Toda la fruta estaba bastante madura para poderse coger tiernamente por las manos de esos jóvenes que miraban una columna de alumnos en sus uniformes escolares. De dos en dos marchaban los chamacos sonrientes y cantaban un himno poco desafinado pero sin embargo conmovedor:

> *«En la cruz, en la cruz*
> *do primero vi la luz*
> *y las manchas de mi alma*
> *yo lavé... »*

---¿Cómo por los clavos de Cristo les convenció a esos pinches campesinos de permitir a sus hijitos asistir a las clases en la parroquia?

---¡Ay, Mariquita! Tú ya sabes que el Hermano Maclovio es tan listo que sabe nadar sin mojarse la ropa. Tal vez sea capaz de hipnotizar los habitantes de todas las aldeas alrededor de aquí.

---¡Cállate, Princesa! Sólo me dices mariquita detrás de la puerta de hierro por la noche, no acá al aire libre para que nos oiga todo el mundo, ¿bien?

Los niños vieron a los monjes que no les dejaban de mirar fijamente e hicieron señas amistosas con las manos. Era obvio que ya no había ni recelo ni temor para con ellos. Maclovio Casalinga había obrado nada menos que unos milagros en cuanto a los duros de corazón en medio de una tierra anteriormente inhóspita. Resulta que todas las lecciones fueron basadas en los estudios bíblicos, no como antes, para sí fortalecer a los creyentes chiquitos y mejorar sus vidas diarias en la sabiduría del catequismo.

Durante los últimos años desde su llegada aquí en este sitio protegido y amullarado el joven había orado sin cesar que todo saliera bien en cuanto a sus aspiraciones y planes para el monasterio. Mes por mes y año tras año todas las bendiciones de las cuales aprovecharon y gozaron no sólo los hermanos monjes, sino también los habitantes de la comunidad entera se habían logrado bajo la atenta mirada del Hermano Maclovio.

Como de costumbre todos los jueves se dedicó a revisar las cuentas. Los monjes trabajaban siempre muy duro y las ganancias de esta «empresa» habían sido gigantescas. Lo único que les faltaba era el modo de invertir con prudencia todo el dinero a beneficio de las comunidades ubicadas alrededor de Santa Eufemia de los Lagos. Poco a poco el joven excapitalino iba encargándose de este asunto, a la vez edificando una red de caridades u obras públicas sin ayuda forastera alguna donde anteriormente no existía nada.

---Cada noche me acuesto con tantas ideas nuevas en mi mente ---reflexionó mientras sumaba y restaba las columnas escritas, sonriendo a causa de las metas alcanzadas y los triunfos conseguidos por el monasterio--- y cada nuevo día me despierto con tanta alegría y un corazón renovado. De veras no merezco ser tan feliz, pero este santo lugar siempre me hace sentir así.

Estaba para terminar las calculaciones y la punta de su lápiz se quedó efectivamente agotada. Había añadido por necesidad tantas nuevas páginas a esa cartera contable ya que en los tiempos pasados no contenía casi nada. Quiso plegar las faldas, pero no lo pudo hacer. Se encogió los hombros, no tomándolo muy en serio.

---Te haré un pliegue adicional ---dijo risueño--- y espero que quepas mejor en la carpetita que tengo disponible, ¡pícaro!

Fue una hazaña propia del humor «macloviano».

Poniendo el cuaderno seguramente en su sitio pues cayó en la cuenta de repente que hoy le tocó a él reabastecer la caja de compuesto. Tendría que encargarse de los establos, paleando estiércol todo el día, pero ni modo. Era una valiosa aportación a los prados así como las macetas y una prueba más de la autosuficiencia del monasterio.

Maclovio subió la cuesta rumbo al cobertizo de almacenamiento en el cual colocaron las herramientas necesarias para elaborar todo el trabajo de este santo lugar de tanta abundancia. Con una sonrisa de oreja a oreja además de una canción en los labios el joven se echó a vocear alegre:

«La semana pasó como un soplo... »

Antes de poder entonar la segunda línea de su melodía, una voz que sonó a hueco lo interrumpió:

«Y no vacile en decírmelo... »

El joven se quedó atónito, mirando boquiabierto a una figura extraña que apareció vestido de una casulla de seda y lana, érase una vez de muchos colores a pesar de que hubieran sufrido lo más desviado que pudiera ser. Junto a su túnica antigua y desarreglada pues dejaba ver una suciedad parecida al contenido de la gran caja de compuesto después de una temporada sumamente exitosa. Tenía la barba cerrada, la cual le estaba saliendo canas mugrosas. Era penoso verlo, un obvio pordiosero que estaba en muy mal estado. Había algo raro que le causó a Maclovio un cambio brusco de humor, pero no sabía exactamente qué. De todos modos se mostró totalmente resuelto darle la espalda al desgraciado cuando éste rompió el silencio sepulcral y embarazoso.

---Por favor ---empezó tranquilamente--- no finja no verme, que no soy fantasma sino de carne y hueso, precisamente como usted y todos los hermanos monjes.

Al joven se le heló la sangre. Tenía el presentimiento de que le iba a suceder algo semejante al caso con los dos jóvenes misioneros en aquella primera mañana hacía siete u ocho años. Maclovio no quería que los hermanos se burlaran de él nuevamente por insistir que unos pocos invitados sí asistirían a la vida del monasterio. A pesar de estar aislados pues los alumnos, todos chamacos de las aldeas y pueblecillos, venían y se iban todos los días para tomar parte de la rutina escolar de la parroquia. No era su intención ofenderle al pobre indigente que le confundió sobre todo con sus ropajes sucios, no obstante su apariencia perceptíblemente confuciana. Sin embargo lo siguió mirando con el rabillo del ojo.

---Me doy cuenta de mi traza pilosa indeseada y espantosa ---continuó--- y me da vergüenza que me vean los demás. Quisiera evitarlo. Es que llevo aquí muchos años, efectivamente demasiado tiempo. Llegó la hora de poner fin a todo antes de que caiga la última hoja en mi calendario.

De repente ya no le recorrió un escalofrío en la espalda de Maclovio, sino se le hervía la sangre en las venas. Con los brazos cruzados se paró allí, mirándole al pedigüeño de hito en hito. Su manera poética de hablar hubiera sido muy agradable bajo otras circunstancias, pero al joven le sacó un poquito de quicio su lenguaje florido lleno de tantos misterios.

---Ahora bien ---alcanzó a decir--- ¿acaso puede usted dejar de dar rodeos y hablarme con claridad?

---En su honor, mi apreciado Hermano Maclovio, seré lo más escueto posible. Mientras usted y yo charlamos hay una redada policial gigantesca que se dirige hacia la cima de la colina. Las autoridades piensan tomar por asalto el monasterio. Será una incursión con alrededor de cincuenta vehículos de tipo todo terreno, mayormente blindados. No me sorprenderá si por añidadura envían unas topadoras, además de helicópteros artillados.

Maclovio lo escuchó y parpadeó con un susto de copón.

---¿Un ataque con máxima fuerza? ---gritó---. ¿Contra el monasterio? ¿¡Contra *nosotros*?!

---Ustedes no tienen nada que ver. Al contrario, las tropas vienen por mí. Quieren sacarme de aquí para llevarme ante el tribunal. Parece que los jueces me esperan.

Maclovio había pasado tanto tiempo en el monasterio que se le olvidó todo de los acontecimientos en el Palacio de Justicia en cuanto al medio proceso/medio circo que tenía su propio *«mise en scène»* casi todas las tardes por un montón de años. Sus pocos pensamientos durante el mes y medio después de su llegada aquí fueron raros e insignificantes. Luego ya no reparó nada su atención en ellos porque el trabajo del monasterio y su amor y afecto profundos para con sus hermanos monjes lo habían consumido.

---¿Cómo se enteró usted de las novedades acerca del Palacio de Justicia? ---preguntó aguzando la vista temerosa---. Quizás no sepa que tenemos muy escasos detalles del mundo que existe fuera de estos muros grises. Así lo preferimos también. Entonces dígame, por favor, si usted es dueño de una radio a galena o cualquier otra cosa para averiguar que una redada está para ocurrir acá. Disculpe por el sentido de la palabra, pero en este lugar somos ignorantes de todo lo que acontezca en «el mundo verídico».

El pobre mendigo le sonrió, metiendo la lengua entre sus dientes desparejos. Con resignación e ironía mezcladas tendría que revelar de una vez todos los secretos guardados através de las décadas. Su manera de pensar era todavía sospechosa y ni siquiera estaba listo para fiarse completamente de Maclovio. Sin lugar a dudas era el más responsable, razonable e inteligente de todos los hermanos monjes bajo su autoridad. Le asombró que con toda su sabiduría pues el joven no se dio cuenta hasta el momento de quién era en realidad el vagabundo que charlaba con él. ¿No sería mejor abrir la puerta de par en par y al fin decírselo? Quiso elaborar tanto la pregunta como hallar la respuesta, pero no pudo.

---Las avispas están sueltas, ---le dijo de refilón--- listas para picar. Hay un deslace en camino. El ruido de esta redada nos viene como un huracán embravecido. En muy poco tiempo se terminará cuando me despida de aquí con ellos, mi propia tripulación, mis llamados cuidadores.

Suspiró aliviado, retrayéndose tranquilamente, casi con reflejos lentos. Maclovio se asustó y su lengua se pegó en el paladar. Tras un breve silencio pudo mantener viva la conversación.

---¿En qué puedo servirle, Señor? Le confieso que no entiendo el por qué de todo esto.

---No quiero que usted tome a la ligera lo que le voy a explicar. Muy semejante a esa mujer que entró en la casa de Simón, el fariseo con quien el Señor Jesús estaba cenando, un día de éstos Dios Padre me va a perdonar también a mí, aunque sean grandes mis pecados contra Él así como contra todos ustedes. De otra manera merezco nada menos que el castigo de haber pecado y escandalizado a los más débiles, a los más inocentes de este mundo traidor.

Maclovio se quedó con los ojos desorbitados. Antes de maldecirle al mendigo pues quería que se explicase.

---El señor Jesús afirmó que «*mejor le fuera que se le colgase al cuello una piedra de molino de asno, y que se le anegase en el profundo de la mar.*» Me consta que las palabras de este verso no le pertenece a usted, ¿verdad?

El hombre despeinado y asqueroso le estrechó la mano con un gesto ridículo y exagerado.

---Compungidamente es así, hijo mío. A lo mejor bórreme de su memoria que ya me voy.

El joven sonrió y le quiso agarrar la mano con su propio gesto cálido, pero fue inútil porque el vagabundo dio una vuelta completa para no tener que mirar el rostro tierno e inocente de Maclovio cuando llegara «su tripulación».

---Ahí no tengo nada que discutirle ---dijo ansiosamente el joven--- pero ¿acaso no se acuerda del publicano estando lejos que no se atrevó alzar sus ojos al cielo, sino que hirió su pecho, diciendo *Dios, sé propició á mí pecador.*» En cambio, ¿de qué clase de disparate platica usted, asumiendo que ha pecado contra nosotros?

El hombre vestido de la túnica sucia y maloliente señaló con el dedo índice. Maclovio se fijó en sus uñas largas y negruzcos.

---La tecnología punta que les escondí y negué através de todos estos largos años ---masculló ---. La autosuficiencia del monasterio es una verdadera maravilla, no cabe duda, pero habría podido ser aun mejor si sólo no me hubiera puesto tan codicioso.

Maclovio sonrió y quiso estrecharle la mano una segunda vez, pero el andrajoso dio unos pasos atrás.

---No le guardamos rencor. Aunque existan las computadoras y otros medios de comunicación moderna en el mundo fuera de este santo lugar, en verdad no los necesitamos y estamos más que satisfechos con nuesto modo de vivir, serviéndole siempre al Padre Celestial para su gloria.

---Créame, Hermano Maclovio ---reiteró--- hubiera sido aun mejor con todas las cosas que he acumulado por muchas décadas «*en los agujeros de la peña, en lo escondido de escarpados parajes*».

Maclovio reconoció cuanto antes las palabras del Antiguo Testamento en Cantares ya que el capítulo se lo sabía de memoria. En cuanto a un aposento secreto dentro de los muros, pues él y sus compañeros estaban muy colgados. Por largo tiempo corrió la voz de que existían salas y cámaras misteriosas que nadie había visto jamás, pero sin prueba eran puros chismes. Por supuesto hay siempre muchos «*escarpados parajes*» en un sitio así, pero ¿cuál de ellos sería el punto clave? Para él no tenía sentido.

Maclovio lo miró estupefacto. De hecho, no debería de estar tan sorprendido que este pobre galopín podía establecer unas comparaciones amplias e interesantes de su presunta vida pecaminosa con las enseñanzas y las obras de Cristo Jesús representadas en el evangelio de San Lucas del Nuevo Testamento. («*Por lo cual te digo que sus muchos pecados son perdonados, porque amó mucho; mas al que se perdona poco, poco ama.*») El joven supo ya desde sus años escolares que los pobres y desamparados de su ciudad entendieron mucho mejor que los ricos y más sofisticados sobre todo eso.

¡Cómo le habría gustado analizar las escrituras con él! Por fin llegó alguien cuyo reconocimiento de la Santa Biblia era más que suficiente y le movió a infundirles nuevos ánimos a sus hermanos en Cristo.

De repente las campanas tocaron a rebato. Era un sonido tan espantoso porque todos los habitantes de los alrededores del monasterio sabían que los monjes no habían tenido aceso al famoso campanario que se elevó a más de tres cientos metros de altura. Algunos le decían «la torre muerta» y otros «la espadaña seca» por no haber podido sonar através de muchos años.

Maclovio arrugó el entrecejo mientras el vagabundo notablemente pisoteado daba un leve respingo y se echaba a caminar como si tuviera coraje para impedir las maniobras de las carrozas ardientes del ejército aquitaniano. Hasta su sotana ondulaba a pesar de que estuviera hecha jirones, semejante a una enorme masa con alas de delta. El joven quiso gritarle a pesar del estruendo de las fuerzas armadas así como el zumbido constante de los tres helicópteros que sobrevolaban la zona. Nadie hubiera podido oírlo ni siquiera a voz en cuello.

Encaminándose al borde de la placita con sus jardines en flor, envuelto por las tropas y un montón de humo en el fondo, el pordiosero se esfumó y todos se retiraron tan pronto como si nada hubiese acontecido. Maclovio simplemente negó con la cabeza.

---Comienzo a ver claro ---musitó y se rió con sorna---. No es para menos. Lástima que nada más pudiera sonsacarle.

Decenas de hermanos monjes subieron las largas escaleras hacia la placita y se le acercaron corriendo a Maclovio. Con gran apuro le asestaron un codazo para encontrar huellas del hombre desaparecido. El joven estaba a punto de zozobrar, aplastado de gran manera por los acontecimientos. En este momento tuvo un odio acerbo a estos hermanos a causa de su insolencia e hizo todo lo posible para no perder los estribos. Ni siquiera espetó enojado cuando regresaron de su búsqueda y empezaron a plantearle pregunta tras pregunta.

---¿Adónde fue el Padre Anselmo? ---exclamó «el Sapo».

---¿Por qué no nos platicó antes de irse? ---gritó «el Flaco».

---¿Qué le hiciste? ---preguntó «el Feo»---. ¡Fíjate que estaba hecho totalmente una facha!

---¿Ya terminó su voto de silencio ---inquirió «el Gordo»--- o por descuido u olvido comenzó a hablar de nuevo?

---¿No se dio cuenta de que lo extrañamos durante su exilio? ---dijo «*Zouzou*» entre sollozos.

Antes de que a Maclovio le resultara posible contestar una sola pregunta pues el cielo se oscureció y desde luego se desplomó una tormenta como de costumbre a esta misma hora durante esta mismísima estación. Todos huyeron despavoridos cuando la lluvia cayó en un raudal desbordante. Los monjes se alegraron de haberse largado de sus tareas en los campos y sitios alejados ya que cerca de la placita y los dormitorios colectivos era más fácil buscar dónde refugiarse.

---Al igual que ustedes ---atinó a decir Maclovio cuando por fin se encontraron salvos y bajo un solo techo--- tengo cualquier cantidad de preguntas. Vamos a buscar las respuestas juntos a nuestra manera.

Se lo dijo no sólo con ternura, sino también con cierto nivel de contundencia. Les gustó tanto el que fuera de una honestidad tan clara.

Capítulo 15   CAREO AMOROSO

Ser abusado es malo y problemático. En cambio, ser abusador es peor y mucho más complicado.

Sólo recién obtuvo la sociedad aquitaniana control sobre la mancha histórica de maltrato infantil en el país. El Palacio de Justicia y los miembros del tribunal se metieron en el asunto por largo tiempo, cometiendo muchos errores en sus conclusiones. La prensa amarillista emitió sus reportajes igualmente erróneos, rebosantes de mentiras, falsificaciones y teorías conspirativas, avivando las llamas de la opinión pública en contra el monasterio de Santa Eufemia de los Lagos y sus monjes aislados sin concreta prueba alguna.

Sin embargo los jueces que precisamente deberían de haberse recusado permanecieron en el tribunal asistiendo día tras día al proceso. Nadie se atrevó a reprocharlos ni destituirlos por su incompatibilidad.

Al fin y al cabo la redada policial e incursión de las tropas militares contradijeron todo lo que habían escrito, emitido y hasta jurado por una década. Las pruebas extraídas que podrían destapar un complot gigantesco aparecieron delante de los ojos de cada ciudadano aquitaniano y ya no podrían negarlo.

Debería destarcarse que el Padre Anselmo, el mendigo hosco con sus ropajes mugrosos y su aspecto desfigurado, no era el único alma doblegada por la justicia. Había otro personaje bien vinculado que estaba coludido con él en la comisión de muchísimos crímenes. La imagen de él que acudió a la mente del público era de un señor cuarentón que se caló el sombrero hasta los ojos al llegar en el portón del Palacio de Justicia junto a sus abogados zurubáticos. Todos estaban rodeados de una manada de periodistas así como un coro enojado de espectadores que gritaban unas groserías y vulgaridades. Todas eran sumamente sabrosas y convenientemente censuradas por las autoridades del Ministerio de Comunicaciones y Difusión Nacional.

Mientras tanto por el mensajero que mandaron a Santa Eufemia de los Lagos con una cartita sencilla en la que escribió dos letras tan sólo dirigidas a su fiel sobrino, Maclovio se enteró con ansiedad y tristeza sobre la mala suerte de su tío querido. Por supuesto accedió ir a la capital cuanto antes para consolarlo. Fuera de la estación principal de ferrocarriles en Crisanto agarró el primer taxi con el que se tropezó. Puesto que el joven se vistió como los demás en el «mundo verídico» y no en casulla de monje pues nadie se fijó especialmente en él, salvo a un cabellero alto y guapo que le guiñaba los ojos oscuros varias veces durante su viaje largo que transcurrió sin complicaciones.

Lo condujeron a un despacho y el joven recibió a su tío que se vio tambaleante pero revivido. Maclovio lo saludó y según las reglas del ayuntamiento pues se abstuvo de hacer preguntas sobre su reclusión. Le pareció que los estragos del tiempo ocasionó pérdidas y remordimientos evidentes en la cara de un señor empresario renombrado como Basilio Aguirre. Levantó los ojos con asombro hacia su sobrino.

---Te ruego carecidamente que estés resentido, tío ---explicó Maclovio--- si te sirve de consuelo. Sabes que estoy siempre de tu parte.

Todo se volvió borroso en la mente del prisionero. Sonrió a duras penas.

---Eres un gran consuelo para mí, sobrino ---dijo con un hilo de voz---. Toda mi vida tenía un gran éxito, pero a fin de cuentas me salió el tiro por la culata a causa de haber liado bien las cosas, ¿ves?

De cierta forma Maclovio siguió mirándole a su tío mientras sus ojos también vagaban por lo inhóspito de este lugar. Estaba encerrado dentro de cuatro paredes grises y trataba de hacerse idea de la crudeza al lado de la barrera que Basilio Aguirre tendría que cruzar y aguantar cuando se terminara esta entrevista.

---Esto no es ningún reproche a tu honradez ---le aseguró--- porque como dijo el poeta, llevaste siempre buena miel en el panal, sin lugar a dudas. No alcanzo a ver por qué te maltratan así.

El señor Aguire negó con la cabeza y se le empañaron los ojos de lágrimas.

---No me permiten decirte nada ahora, pero nuevos datos van a salir a la luz. Hay que mantenerte al corriente, querido sobrino.

Entraron en el despacho dos polizontes acompañados de un señor administrador vestido de un traje azul oscuro bien ajustado. En su mano derecha llevó una carpeta verde. Era la señal para la despedida del detenido. Basilio Aguirre hizo un gesto de cansancio y asintió a los dos hombres con uniforme sin dirigirle palabra a su sobrino. Éste se quedó confundido y un poco triste. El administrador se acudió a él y puso la mano con firmeza en el hombro del joven.

---No se incomode, Hermano Maclovio ---le dijo, usando el apodo del monasterio, lo que le agradó muchísimo ya que significó para él su vida de renuncia y sacrificio fuera del «mundo verídico»---. Antes de irse hoy, es menester aclarar algunas cosas para proporcionarle una idea cabal del asunto que tenemos en forma escrita dentro de esta carpeta.

Maclovio hubiera deseado irse cuanto antes puesto que la entrevista con su tío se terminó tan de sopetón y con una nota discordante. Sin embargo se quedó sentado pendiente a ese señor con su narración pormenorizada.

---En primer lugar quiero que usted sepa que su tío Basilio es el mayor responsable fuera del monasterio y el dominio del obispo anterior, o sea Padre Anselmo Ludovico Ibáñez. Los dos están acusados de haber cometido actos atroces, socavando las leyes destinadas a proteger al menor. Además nos parece que los dos eran muy hábiles en cuanto al arte de engaño y la corrupción.

De un bolsillo interior de su traje sacó una pipa de brezo y lo encendió sin interrumpir el hilo de su narración.

---Este asunto es tan delicado para el bienestar de nuestra república ---explicó--- que nunca seremos capaces de poner en marcha un proceso regular en el Palacio de Justicia. Tanto el gobierno nuevo y mejorado de nuestra reconstrucción como el público ya están hastiados de aquel ambiente de circo. Le confieso que el caso me agotó las fuerzas también. Frenamos continuamente toda posibilidad de que comience de nuevo.

Si el administrador hubiera explicado con el lujo de detalle la historia de abuso e insensatez del obispo con la ayuda de su fiel siervo Basilio Aguirre, habría necesitado una quincena de días. El contenido de la carpeta verde, o sean las hojas escritas a maquina con el resumen bien arreglado era más que suficiente para que el joven entendiera bien la gravedad del urdimbre que le costó creer que una cosa tan descabellada e impropia hubiera podido acontecer. Le parecía que los dos, su tío querido y el obispo mayormente desconocido, no tuvieron reparos en hacer lo que por años y décadas llevaron a cabo con centenares de huérfanos y niños desvalidos.

Puesto que Basilio Aguirre, personaje distinguido e inteligente, se había quedado huérfano mismo y pasaba su niñez y adolescencia en la parroquia de Santa Eufemia de los Lagos bajo la atenta mirada de

Padre Anselmo, pues sabía bien el sufrimiento de otros chavos de su edad, sus condiciones humildes y cómo prometerselas felices y nutridos pero apenas disimulado como la trata de personas. Mientras tanto había estado coludido a cada paso con Padre Anselmo, su maestro y ardiente admirador. El obispo había dejado atrás su tierra natal al haber descubierto la miseria y pobreza en Aquitania durante la época entre las últimas semanas de la dictadura y los largos meses de la reconstrucción. Había llegado al lugar atraído por sus chamacos. Por casualidad fue el quinceañero Basilio Aguirre uno de sus primeros alumnos.

Al saludarle por primera vez en un rincón medio escondido de la placita, el obispo cachondo y ya cubierto de oprobio desde lo alto de su púlpito se quedó pasmado por la aroma juvenil que despidió del cuerpo del chico con sus enormes ojos verdes. Lo había excitado a punto de estallar a la sazón. Muy pronto supo también que no era nada difícil embaucar al escuincle para que tomara parte en sus travesuras.

---Voy a mostrarle una lista ---dijo el señor del traje azul oscuro--- y veremos si usted logra decifrarla.

El papel al que Maclovio taladró con la mirada no era como los demás, sino escrito a mano en letras de molde. La lista de los apellidos no tenía significado alguno para el joven; en cambio, los nombres de pila eran distintos e inconfundibles:

CISNEROS, *Adán*
JARAMILLO, *Gaetan*
GARCÍA, *Eliseo*
DOMINGUEZ, *Ramiro*
OSUNA, *Josué*
PÉREZ, *Dionisio*

y decenas de otros, todos miembros de «su gran familia en Cristo» en el monasterio y todos clasificados como huérfanos, expósitos o fugados de casa, echados del hogar por sus familias a causa de sus «mariconadas asquerosas». En la lista había subrayaciones a lápiz de color rojo, azul y verde.

---No sabemos exactamente por qué estaban subrayados así ---explicó--- y su tío tampoco era capaz de ofrecernos una interpretación. A lo mejor estaba poco dispuesto de dársela a la policía.

A Maclovio le dio un vuelco el estómago. Mirando la lista y pensando en la complicidad del obispo y su tío, la esencia de un dolor que subyace una pérdida de confianza e inocencia lo agarró. Echando una última ojeada al papel, lo desdobló y efectivamente fue inconsolable. Nunca se había sentido tan estafado en toda su vida.

---De manera que los alumnos del obispo se quedaron en la parroquia para ordenarse monjes.

---Sí, pero sólo después de tantos años de abuso ---afirmó el administrador, sacando un pañuelo tamaño de paliacate y estrepitosamente sonando la nariz---. Y cabe recalcar que es un porcentaje de los jóvenes que usted conoce ahora. La mayoría de los muchachos que corrían más riesgo acompañaron a Basilio Aguirre para vivir y trabajar fuera del monasterio en cautiverio. Era cierto modo de esclavitud y trata de personas más feroz que jamás habíamos visto en este país.

---Pero, ¿por qué no hicieron algo?

---A eso voy. Todo fue con la bendición, no mencionando las espaldas vueltas, de las autoridades y el gobierno de la dictadura. Había gente de «categoría» que no sólo se forraron los bolsillos, sino también dieron rienda suelta a sus deseos más lascivos, el mero aguijón de la carne. Lamentablemente la época de la reconstrucción no eliminaron todos los excesos por medio del delicado engranaje de la justicia. Por eso tuvieron que entablar proceso que se veía en vivo por tanto tiempo en la tele. Aunque no sepa lo que es indiscutible, pues sospecho que los mismísimos jueces son culpables de haber gozado de los placeres ofrecidos através de su querido tío para salvar el pellejo y echarles la culpa a tus amigos, los hermanos monjes de Santa Eufemia de los Lagos que hicieron el papel de chivo expiatorio sin saberlo.

---Ahora bien. Dígame, ¿qué tenía que ver el Padre Anselmo con toda esa poquería? Después de todo, había vivido por décadas en un aposento del monasterio, además de tomar un voto de silencio de cuando en cuando. A menos que hubiera enterado algo por radio macuto o recibido hojitas de unas palomas mensajeras, pues no cabe duda que «el mundo verídico» no existía ni para él ni para nosotros que vivimos muy felices.

El administrador sonrió como el gato que se comió el canario. Maclovio se sintió a disgusto.

---Usted es precisamente la razón que la expresión «joven» dice la inexperiencia e ingenuidad. No sabe pensar fuera de lo común. Mire, el obispo tan piadoso los había defraudado de gran manera. Mientras ustedes tuvieron sus quinqués para alumbrar, él se había construído un sistema avanzado de energia solar y corriente através de turboalternadores gigantescos e intricados. En su aposento escondido las luces estaban siempre prendidas y brillaban con claridad; en cambio, usted y sus compañeros tropezaron en la oscuridad.

---No fue siempre así ---protestó Maclovio--- logramos vivir sanos y salvos a pesar de todo.

---Estoy de su parte, Hermano Maclovio, pero no tenía que ser. Ustedes, por ejemplo, no saben nada del mundo exterior donde pasan buenas y malas cosas a la vez. Ustedes tienen derecho de averiguar, además del deseo y la voluntad, pero el obispo les había quitado el privilegio. ¿Eso le parece justo? Para él era la mala costumbre de privarles a ustedes de todas las maneras habidas y por haber solamente a causa de su propia codicia. Con todas las entregas clandestinas a su «cofa de vigia», primero por paracaídas enviadas de la mano de su propio tío y últimamente los vehículos aéreos no tripulados,

Padre Anselmo estaba sencillamente bien adelantado de todo, hasta la hora precisa de la incursión. Usted tuvo demasiada prisa para llegar aquí que todavía no tenía tiempo para ver toda la tecnología punta que se había acumulado aquella canalla de obispo.

---¡Ay! No juzgue, hombre, por el amor de Dios. ¿No se acuerda de las palabras del Señor Jesús? «*El que de vosotros esté sin pecado, arroje contra ella la piedra el primero,*» hablando de la mujer tomada en adulterio que también se refiere a Padre Anselmo desde luego.

---Si mal no recuerdo ---replicó--- Jesús le dijo, «*ni yo te condeno: vete, y no peques más*». Resulta que el obispo siguió pecando año trás año, no sólo en cuanto a los más indefensos, sino también a todos ustedes que han sido fieles y sin mancha. A propósito, no soy el único que piensa así tampoco, pues tienen muchos más admiradores de que no puede hacerse ni idea. Hay gente lista para ayudarles.

Por fin Maclovio se animó un poquito.

---No veo cómo puedo negarme. Entonces, ¿de veras hay gente que nos apoye y ore por nosotros?

El administrador asintió la cabeza.

---Millones. En lo particular hay un joven muy destacado entre los aquitanianos ya que sabe recaudar fondos a beneficio de causas nobles mejor que nadie. Y por casualidad conoce bien a su querido tío. Creo que le valdría la pena reunirse y reflexionar sobre lo que necesitan hacer. Se llama Diego Del Toro y lo espera en la lonchería «*Cuatro Álamos*» a vuelta de la esquina. Me imagino que ya tiene hambre, o por lo menos los dos pueden botanear y tomarse unos tragos, ¿bien?

La entrevista en el ayuntamiento ya llegó a su fin y Maclovio se despidió sin dar el menor indicio de haber comprendido. El administrador lo condujo hacia la salida y le metió un billete de diez mil coronas moneda nacional en la mano.

---Ojalá que ese Diego me indique el camino ---dijo para sí, avergonzado por no haber confiado en Padre Dios en esta única ocasión.

---¿Todavía no estás listo? ---gritó el dirigente---. Falta muy poco, como ya sabes.

Rufino quiso ceñirse de nuevo el nudo de la corbata cielo azul, pero fue inútil.

---Espere por lo menos a que baje, Señor Del Toro.

Si este intercambio de palabras le parece familiar, estimado lector, es porque habíamos comenzado nuestra historia con ellas en aquel entonces, por supuesto con algunas variaciones.

---Por el amor de Dios, escuincle ---regañó Diego--- tienes un calcetín puesto y otro no. Y ¿tu suéter? Te lo pusiste al contrario. Dale la vuelta en seguida.

---Este suéter me raspa el cuello ---se quejó el modelo guapo de veintitantos años y aprendiz--- y me da demasiado calor. ¿Acaso no me permite salir a la pasarela con la chaqueta verde de manga corta que se abre en la parte delantera que tanto me encanta? Después de todo me queda más holgada.

Diego pensó unos segunditos, aspiró y exhaló, tratando de no ironizar por sus adentros.

---Oquei. Quítate la corbata, ponte la camisa de satén brillante que se encuentra en una de las perchas ultradelgadas y manten ordenado el armario, ¿entiendes? No te olvides que la chaqueta se abrocha por delante.

El chico subió los escalones de dos en dos para cambiarse en un pispás, regresando unos momentitos después y luciendo elegantón. Diego le sonrió con satisfacción. Se puso en cuclillas para revisar un pliegue invertido en la prenda y de repente percibió el olor del joven transpirando hormonas. Si por él fuera, lo apresaría por la cintura en este momento y lo bajaría los pantalones de un tirón. En sus pensamientos sobre el sexo y cosas relacionadas se sintió entre el sueño y la vigilia. Un golpe en la puerta lo devolvió al presente. No había tiempo que perder y la persona en el otro lado de la puerta lo confirmó.

---Diez minutos y ¡arriba el telón! ---sonó la voz amortiguada. Diego la reconoció en seguida. Abrió la puerta y se pescó de su manga para jalarle a Maclovio Casalinga antes de que se fuera.

---Gracias por todo lo que has hecho, amigo mío. Te lo agradezco. ¡Buena suerte!

Maclovio sonrió sin dirigirle palabra a Diego, su socio y efectivamente jefe, porque tenía prisa y todavía mucho que hacer en cuanto al espectáculo de esta noche.

No era de extrañar que al reuirse por primera vez en la lonchería «*Cuatro Álamos*» hizo buenas migas con él. Se abstuvo de hacer muchas preguntas y quiso solamente escuchar sus planes e ideas así como su propia historia entera de ser huérfano en aquel entonces y su estadía en el monasterio de Santa Eufemia de los Lagos. En vez de portarse como lloriqueo o amargo, pues lo impresionó su estoicismo ante el dolor y se maravilló de su actitud casi altiva, un rasgo no desagradable bajo su punto de vista. No se arrepintió nada de lo que hubiera sucedido porque se había ganado la estima del mundo durante los últimos años y seguiría siempre triunfando.

---¿Por qué le dijo «buena suerte» al Señor Casalinga? ---preguntó Rufino, acicalándose el cabello.

---Porque esta noche va a salir a la pasarela por primera vez. Su estreno tenía que haberse hecho hace mucho tiempo. Nunca he podido convencerle de que fuera digno de participar junto a sus hermanos monjes hasta la fecha. Esta vez insistí en que lo hiciera ya que en esta ocasión tengo una sorpresota para él, algo que le va a gustar mucho y que pretende brindarle la inmensa felicidad que merece. Por meses presentó sus excusas y siempre se marchó, pero esta vez no acepté su «no» tajante y le mostré algo de mano dura, si me entiendes.

Rufino soltó una risita y se lamió los labios.

---Es buenísimo ---exclamó --- y suele vestir de una manera única e irrepetible. A ver, ¿cómo?

---La costura de sus hermanos monjes ---contestó Diego--- lo hace posible. Son muy diestros, también en cuanto a la faena que le han hecho por tantos años, dejándolo dormir en un cuarto separado en vez del dormitorio común ya que no saben con certeza sus actitudes sobre el «asunto», si me comprendes. Es que el joven ha rechazado las pruebas del tribunal y las fichas policiales acerca de su tío y sobre todo el Padre Anselmo. También se atiene a lo célibe de todos los habitantes del monasterio a pesar de lo enloquecido que acontece todas las noches detrás de la gran puerta de hierro. Si mal no recuerdo, sigue igual que en la época cuando yo estuve allí con los abrazos y las caricias a nosotros. Afortunadamente siempre vacilaron en tocarnos de manera impropia.

Rufino asintió a sabiendas. Desde que la agencia «Despampanante» lo envió de aprendiz pues llegó a ser uña y carne con los otros modelos así como con todos los monjes acá en el monasterio en el cual el espectáculo de esta noche había de tomar lugar. Como de costumbre el propósito era recaudar fondos, en esta ocasión para cincuenta becas a las que las grandes casas de moda iban a añadir un complemento a beneficio de los niños desvalidos. Los monjes se estusiasmaron con la oportunidad de lucir bellos y elegantones en la confección destacada del país.

---«*Zouzou*» ya me contó todo acerca de sus noches ajetreadas así como sus momentos fugaces e inperceptibles duchándose juntos, enjabonándose y acariciándose. Después de un «romance apasionado de una sola noche» en los brazos del «Primer Hombre», el mote que le pusieron a Hermano Adán, me dijo que por la mañana empezó a golpearle un cachete con el pito para despertarlo antes de abrir la puerta de hierro de nuevo, ¿¡me cree usted?! Eran siempre tan prudentes en cuanto a sus actividades que les hizo mucho daño cuando el obispo quiso echarles toda la culpa de sus propias fechorías.

Diego negó con la cabeza y quiso esbozar una risita por lo extravagante del muchacho. A la vez pensó en las diferencias entre él y los jóvenes audaces gay hoy día: su franqueza, su transparencia y el mayor aplomo que se manifiestan. Se avergonzó un poquito a causa de su propia timidez que nunca había sido bien equilibriada por su actitud de altivez. Los dos estaban distraídos momentáneamente cuando llamaron otra vez a la puerta.

---¡Cinco minutos! ---gritó Maclovio, y de nuevo Diego abrió la puerta y le hizo frente al joven.

---Hay cinco minutitos antes de que empiece el programa televisiva, amigo mío. En primer lugar los realizadores van a mostrar la grabación que sacaron de la historia del monasterio, incluyendo una explicación aséptica sobre el llamado escándalo y las secuelas, o sean todas las obras buenas de los monjes y la autosuficiencia del monasterio. Ya sé que la presentación dura más de media hora, de manera que tenemos todavía un montón de tiempo para estar listos. Después de todo soy yo el dirigente y suelo marcar la pauta, ¿ves? A propósito, eres tú que tienes que prepararte al igual.

Maclovio hizo un paso atrás y sonrió forzadamente.

---Correcto, jefe ---dijo gimiendo---. Mi gran estreno, ¿verdad?

---Segurolas. Ahora bien, ¡vete!

Cerró la puerta y Rufino lo miró con asombro.

---¿Van a irse de la lengua revelando toda la porquería en cuanto a Basilio Aguirre y Anselmo Ludovico Ibáñez? Si por mí fuera, los dejaría languidecer en las mazmorras hasta que las ranas crien pelo. ¿Qué dirá el público cuando se entere?

---No te asustes. Nunca se revelan todos los detalles más salaces para no ponerle ventilador a la mierda. En la filmación quitaron todo eso de Padre Anselmo y su talento como maestro de disfraz y cómo tenía la ventaja de la sombra y oscuridad del monasterio para abusarles a los pobres chamacos como yo. Como ves me incluyo en primer lugar. Eso de ponerse casulla u otro ropaje y disfrazarse de monje se queda deliberadamente desprovisto de toda sensualidad para que no turbe a la gente. Es como si tuviéramos que correr un tupido velo sobre la realidad para no ofender a Fulano, Zutano y Perengano y que la vida aquitania sea tan oscura y hermética como el monasterio en aquel entonces.

---No se olvide, Señor Del Toro, que en el aposento del obispo las luces siempre brillaban para que se llevara a cabo toda su maldad. La oscuridad fue solamente para los hermanos monjes que ahora son tan felices.

---¡Ay! Hablando de ellos, vámonos en seguida para atenderles. Sospecho que hay un poquito de desorden en cuanto a sus varios atuendos y el papel que van a hacer en el espectáculo. Aparte de eso tenemos que estar listos Maclovio y yo con los trajes que llevamos esta noche. Me encargaré también de la sorpresota para él.

De hecho, Diego y Rufino no habrían de calentarse los cascos por los monjes ya que tuvieron la situación totalmente dominada. Parecía que se volcaron en esta actividad con un estusiasmo inigualable. No era de extrañar que un grupo de jóvenes tan guapos y en buena forma física iba a lucir sumamente bien y con tanta desenvoltura. El ambiente fue distendido.

Antes de que llegaran el «dirigente» y su aprendiz pues los monjes intercambiaron una breve letanía de pitorreos en cuanto a sus varios trajes, camisas, batas, playeras y chaquetas, echando toda cana al aire y arreglándose para disfrutar esta noche de gala. Diego se infló de orgullo por ellos y se sintió aliviado porque cada saco de doble botonadura les vino bien, cada camisa de algodón y seda era de buen diseño, cada pantalón fue bien apretado y provechoso para hacer que las nalgas firmes y bien levantadas se vieran bajo la luz más favorable, cada zapato con agujetas tuvo un brillo intenso; en fin, una prueba perfecta que apenas se veía muy a menudo en el sector profesional.

Diego se estremeció de emoción y una fuerte erección le levantó su propio pantalón y casi se doblegó al insoslayable impulso de frotársela pero mejor sería aplazar esa acción por lo pronto. Al caminar contoneándose pues notaron los Hermanos Adán y Guillermo su pequeña molestia, pero en resumidas cuentas se callaron y no hicieron mucho caso. Todos siguieron sonriendo y portándose bien: honestos, rectos y limpios sin disparates.

Efectivamente Diego se aprovechó de su atractivo sin avergonzarse para que los monjes se parasen seco también. Se divirtió un puyero con ellos y descartó por lo menos durante esta noche su actitud de altivez. Nunca había pensado regresar al monasterio dadas las circunstancias.

Rufino conocía a todos los hermanos monjes y se llevaron estupendmente bien. Por eso se quedó pasmado al haber contado cabezas siete u ocho veces; le faltó uno de ellos. Le dio un codazo al «dirigente» y su voz se redujo a un susurro.

---¿Dónde estará «el Flaco»? Está puesto como el séptimo para salir a la pasarela en cuanto empecemos.

Diego no perdió ni un segundito. Dio unas palmeras muy fuertes para que se fijaran todos.

---¡Pongan atención y escuchen! El Hermano Humberto se extravió. Búsquenlo y díganle que se presente a mí para aliviar su miedo escénico.

Oyendo la voz imperiosa del «dirigente» pues «el Flaco» salió de atrás de unos de los telones y se ruborizó. Un par de lágrimas resbalaron por su cara. Llevaba un caftán blanco y ligeramente transparente. Para poder asistir al espectáculo era necesario encontrar algo especial por lo abultado de él.

---Uno de esas mariquitas se burló de mí, diciéndome que iba hecha un espantojo. Por favor, no cuente conmigo que a pesar mío no voy a poder participar. El fenómeno ---añadió con un movimiento rápido y dramático de la muñeca--- se despide de todos ustedes que ya no me quieren, una piltrafa humana.

Una docena de los monjes se pusieron tristes y le suplicaron mil veces pero de nada sirvió porque poco a poco se desmoronó el pobre gordito. Diego frunció el entrecejo y le acudió a «el Flaco» con aire resuelto para no perder el control de la fluida gestión del proyecto.

---Mira, te voy a transformar en un esclavo de la moda, mi belleza ---exclamó sonriendo y guiñándole el ojo casi juguetonamente. En un instante un lazo de terciopelo le ceñía la cintura de Hermano Humberto. Aparte de eso hizo unos cuantos arreglos estéticos, también le pasó una capa violeta de fino estampado brocado para «desviar» las miradas del público. Ya lo había visto muchas veces por todo el mundo y cada rato le resultó favorable a la «víctima» de gordura.

---¡Ay, Señor Del Toro! ---dijo «el Flaco» chillando---. ¡Cuán gusto me da! Dígame, por favorcito, ¿cuál es la forma más segura de adelgazar?

Diego se echó a reír al pensar en el consejo de aquel entonces que le hizo el joven modelo huesudo. Empezó a decírselo al igual al hermano monje con su sabrosa voz cascada.

---Dicen que hay que comer solamente filetes no muy hechos acompañados de una ensalada verde con poquito sal y limón. Para quitar la sed tendrás que beber tres veces al día una copita de vino blanco. Y si eso no te conviene, te ruego que ya no machaques tanto sobre tu peso. Puedes ir y venir como te plazca. De este modo sabrás disfrutar más de la vida.

Los monjes se miraron el uno al otro y asintieron, dándole ánimo a «el Flaco» para que se desinhibiera. Sólo el Hermano Jaime («el Travieso») no podía contener sus ganas de ajustarle las cuentas con Humberto. Después de todo fue precisamente él que se había burlado y amolado del gordito.

---Oye, doncella ---siseó señalando con el dedo--- tu capa hace un respingo acá atrás.

«El Flaco» giró sobre sus talones y le dijo a bocajarro a «el Travieso» ---¡Cállate, bruja!

En este mismo momento Maclovio asomó la cabeza por el hueco de la escalera y estiró el cuello para ver la discusión y oír mejor cuando lanzaron esa sarta de insultos. Sobre todo le causó estupefacción el uso de «doncella» y «bruja» durante su intercambio de palabras. Fue un duro golpe pensar en el ridículo comportamiento de los monjes através de todos esos años, acaso detrás de la puerta de hierro todas las noches.

---¡Puuh! Me hubiera dado de tortas ---murmuró para sí---. ¡Qué tonto fui en no ver! Las cosas podrían haber sido menos complicado y mucho más abierto y lo que ocurrió en cuanto al Padre Anselmo podría haberse evitado.

A hurtadillas se escabulló para que nadie lo viera. Contó despacio hasta diez y bajó de nuevo.

---El programa televisiva sobre el monasterio está a punto de acabar ---aclaró a Diego, Rufino y los hermanos monjes bien vestidos--- y después de la canción «*Aquitania Movida*» tocada por la orquesta sinfónica nacional así como los varios anuncios de los funcionarios gubernamentales, pues ¡que siga el espectáculo! Les ruego por el amor de Dios, hermanos míos ---añadió temblando--- que no se pongan nerviosos.

Los monjes se tuvieron que aguantar las ganas de reír porque no tuvieron miedo y estaban muy estusiasmados. Los muros grises de Santa Eufemia estaban bañados en las luces coloridas del arco iris, también señalando una nueva época en los conceptos de la reconstrucción. No se sabía si era un símbolo vicario de aprobación en cuanto a los derechos humanos u otras ideas progresistas.

Por supuesto el matrimonio igualitario se quedaría lejano. Hacía unos meses que un vocero del Ministerio de Salud Pública propuso aprobar el matrimonio de personas del mismo sexo por medio de una elección popular entre los aquitanianos (como sucedió en Australia e Irlanda); es decir, no por medios legislativos como una cámara de diputados (España), un congreso o senado (Argentina), una asamblea (un par de países asiáticos), un parlamento (la mayoría de la Unión Europea y Canadá) ni por los tribunales ni una corte surprema (los Estados Unidos).

---Me voy corriendo también ---dijo Maclovio para sí---. Tengo que cambiarme y estar listo para la sorpresa que me prometió Diego. De hecho, tengo los nervios en el estómago, pero de todos modos debería cumplir con mi deber. ¡Trato hecho!

Asomó una vez más para echar un vistazo a la muchedumbre de admiradores en en Pabellón de Huéspedes. Se calculó que habría más de cinco mil personas, además de operadores y periodistas nacionales e internacionales. Por satélite estaría transmitida mundialmente esta noche de gala.

Mientras tanto Diego puso especial cuidado y esfuerzo en corregir las partes del guión que tuvieron que ver con los cambios de ropa llevados a cabo tanto por Humberto «el Flaco» como Rufino el aprendiz. Mirando la hojita de papel emborronada de notas y variaciones pues no consiguió leer sus propios garabatos. Sin darse prisa se puso a sacar todo en limpio para que el locutor pudiera difundirlo con claridad. También escribió dos letras al director de orquesta pidiéndole que hiciera un canje de varias canciones para satisfacer sus propios antojos y convenir mejor a los jóvenes que iban a salir a la pasarela.

Y esta noche les resultó posible conquistar el mundo cien veces con su mayor aplomo, equilibrio y postura, superando todas sus expectativas.

---¿Y si su presentación hubiera sido al revés? ---sugerió Diego en su mente---. Entonces, ¿qué hubiera sucedido si los monjes no tuvieron ese «*algo*» o el «*chic*» para lograrlo?

En cambio, se oía un eco tenue para sus adentros, asegurándole que habría triunfado más allá de sus sueños más salvajes.

---Nunca hubiera podido ser la inversa ---le aclaró la voz baja y muy adentro--- será un éxito bomba.

Con cada una de las entradas de los jóvenes tan guapos el locutor pintó un lienzo que consistía de palabras vibrantes:

«*Los ojos claros y penetrantes de Hermano Adán que luce elegantísimo en su traje negro de la famosa Casa Acuarela y Izmarraty*»;

«*Esta fabulosa camisa de popelín de los diseñadores Saucedo y Avisparro con la cual el jóven alto y bello Hermano Julián nos encanta*»;

«*Listo para disfrutar un tiempecito relajado, quizás con una copita de vino rojo y acaso en compañía de alguien especial, nuestro Hermano Humberto nos enseña el aspecto lujoso de su caftán blanco con la magnífica añadidura de una capa violeta en brocado que sin lugar a dudas les va a arruinar los ojos tanto al público que asiste aquí en Santa Eufemia de los Lagos como a los televidentes internacionales a causa de su belleza inigualable, todo cortesía del Maestro Teofilio Durán*»;

...y los demás.

Diego sonrió de oreja a oreja no sólo porque las palabras excitantes del locutor eran apropiados en cuanto a su «creación» sino también debido al número musical que escogieron para tocar mientras «el Flaco» se veía en la pasarela, o sea el famoso e histórico «*Vals de los Crisantemos*». Fue esta mismísima canción que empezaban a tocar en aquel entonces cuando Dieguito había causado una sensación dramática en su traje gris de la *Casa Puccinelli*. En vez de la obra clásica del compositor Gilberto Serrano habían surgido con una melodía rocanrolera. A partir de aquel momento Diego Del Toro había ascendido vertiginosamente a la fama.

Cuando miró por fin a Rufino que salió como penúltimo modelo a la pasarela (*«¡Qué extraordinario es su chaqueta de manga corta que se abrocha por la parte delantera y lo hace ser el vivo retrato de un diosito contemporáneo! ¡Que viva el nuevo integrante de la Empresa Producciones Del Toro, Sociedad Anónima, un joven guapísimo con su mirada más risueña!»*) notó que se estaba llevado por la oleada de entusiasmo, especialmente cuando pensaba en lo que estaría de pasar referente a su «sorpresota» para Maclovio.

Diego no habría adivinado que los hermanos monjes y el aprendiz tuvieron sus propios planes e ideas para con Maclovio. Después de su apariencia en la pasarela Rufino se paró a un costado y hizo un pequeño gesto que la orquesta dejara de tocar su música a alto volumen. Señaló frenéticamente con las manos a los monjes «de alta moda» que regresaran juntos a la pista mientras se desencadenaron los aplausos. *«Zouzou»* dio un paso hacia delante y agarró uno de los micrófonos para decir algo al público. Efectivamente su voz se escucharía por todos rincones de la Tierra.

Diego se volvió loco y se enojó de los monjes a

pensar que iban a malograr su sorpresa. En este momento estaba reaccionando precisamente como el señor Aguirre en aquel entonces. Palabras y frases como *«Sáquenlo cuanto antes de la pista»* y *«Bajen el telón para que no luzca delante de tantas personas. Yo me encargaré personalmente de ese mocoso cuando regrese»* pasaron por su mente, pero sólo respiró hondo y no hizo ni dijo nada temerario. Marcó con rapidez un número de teléfono en su celular y envió un mensaje cortito a cierto destinatario, avisándole que esperase unos momentitos antes de que Maclovio viniera para presentarse como último modelo de la noche.

---¡Uau! ---exclamó el monje más chulo, parpadeando en el brillo cegador---. Es un honor hospedar tal distinguidos invitados como todos ustedes. Espero no ser inoportuno y les pido disculpa que interrumpa la entrada de nuestro queridísimo Hermano Maclovio. Entonces, si las palabras me atornan en la garganta pues fíjense que no son suficientes buenas o valiosas para expresar lo profundo de nuestro amor para con él. Nos punzan los remordimientos de haberle engañado por tantos años, diciéndole que nunca tenía permiso de llevar los mismos ropajes que todos nosotros. Es que siempre luce asombroso a su manera, algo exclusivo suyo y lo que impone el buen gusto. Durante toda su estancia nos alimentó incesantemente con su encanto. Debido a su bondad y devoción crecimos y nos fortalecimos como siervos de Nuestro Padre

Celestial. Te lo agradecemos, Hermano Maclovio, y te seguiremos amando más y más. Eres tan digno y merecido de tanta felicidad. Sin lugar a dudas nosotros los hermanos monjes te brindamos gozo y regocijo. Te confieso que no me parece justo que te falte conyugue, o sea pareja, en tu vida...

Se le fue la voz y dejó la frase en puntos suspensivas de forma significativa. De repente «*Zouzou*» se calló y se ruborizó por haber puesto algo sobre la vida privada de Hermano Maclovio en entredicho. En cambio no le perturbó ni una pizca al hermano en cuestión. Él mismo se dio cuenta que el monje más chulo les platicó la pura verdad al público así como al mundo entero.

---¿De qué sirve mi vida ---reflexionó él mientras esperaba que la orquesta comenzara a tocar su canción favorita del pasado, «*Me Alegra que Me Llames Hoy*»--- si jamás he podido reunirme con el único hombre que me hizo feliz con el cariño que me tuvo siempre? Por primera vez, Señor, mi anhelo de ordenarme sacerdote era no más que un pretexto para huir de la vida traidor y la amargura de haberlo rechazado por temor a que hubiera pecado contra natura y sobre todo ofendido a ti, Dios Padre. ¡Perdóname!

Diego se reía para sus adentros y no podía creer su buena suerte. En vez de ser un fracaso, el discurso atropellado e improvisado de «*Zouzou*» estaba bien provisto de la sorpresota entera.

Maclovio apareció en la pista, se acudió sonriente

al monje más chulo y lo abrazó. La música comenzó y el público estaba lleno de admiración para el joven vestido del mismo suéter amarillo que le raspó el cuello a Rufino. Salió a la pasarela y dio vueltas ligeras y sofisticadas. Los hermanos monjes le sonreían y él también les sonrió.

Le chispeaban los ojos por la presencia de algo o alguien en un costado de la pista, unos metros a la derecha donde se apiñaron los monjes. Se vio una chaqueta de moto negra con visos azules que brillaban. El chico alto y físicamente bello desabrochó su chaqueta para exhibir una camiseta blanca que lució magnífico contra su tez bronceada y resaltada por su cabello rubio teutónico. Sus chaparreras de cuero sobre unos vaqueros ceñidos y bien ajustados dieron el aderezo definitivo a la imagen muy sabrosa.

Maclovio se quedó atónito delante del hombre que conoció bien y no conoció nada. Efectivamente se había cambiado muy poco desde que lo había visto aquella última noche antes de su despedida para Santa Eufemia de los Lagos, dejándolo y el «mundo verídico» atrás. Pero, ¿cómo se atrevería asistir a esta noche de gala? Seguro que el «dirigente» no le dio permiso, ¿o quizás? Después de todo, le había platicado de una sorpresota y nada ni nadie podría ser más sorprendente que la presencia de Maximiliano Covarrubias.

Sin decir nada el güero le acudió con pasos lentos y suaves. Lo agarró sin ningún esfuerzo con manos también enguantadas por los brazos y las nalgas. Hasta la mínima y más tierna fuerza de Maximiliano lo derribó, conquistándolo totalmente. Una carga de nieve carbónica produjo una masa de nubes en la pista. Los dos, conquistador y conquistado, se quedaron sumergidos por el remolino de las nubes que midieron menos de un metro de altura. El efecto era sobrecogedor y un aplauso ensordecedor resonaba en todo el Pabellón de Huéspedes del monasterio, no mencionando el sonido de la radiodifusión ni las tranmisiones televisivas mundiales.

Inconscientes del público y ajenos a lo que sucedía en sus alrededores, los dos enamorados de ayer no paraban de mirar el uno al otro. Maximiliano le enjugó las lágrimas de gozo a Maclovio con sus besos, y éste apoyó la cabeza contra el pecho del chico rubio. Se abrazó a él por unos largos minutos.

---Tú y yo nos conocemos de sobra ---dijo al fin Maximiliano en una voz que no era más que un susurro y casi ahogada por la música demasiado fuerte mezclada con el aplauso que no cesaba.

---Parece que nunca se esfumó la magia entre tú y yo ---respondió Maclovio, ronroneando contento. Le costó contener la respiración con la voz entrecortada.

A medida que pasaban los minutos y el humo de la nieve carbónica se disminuía en la pista, el pase de modelos concluyó. Los hermanos monjes se retiraron en silencio y los enamorados reunidos se quedaron todavía entrelazados. De una manera u otra se apagaron también todas las luces. Era tan lindo el claro de luna en sus rostros.

Ni menos lacrimógena fue la reacción de Diego que se había quedado entre bastidores todo el tiempo. Lo que acababa de suceder tenía una fuerte carga emocional para él, una persona que jamás dejaba ver más que su altivez. Luchaba para controlar sus sentimientos, pero fue inútil. En esta ocasión estaba convencido que no se había cundido el trabajo, a pesar de que hubiera sido un exitazo y pudieran recaudar fondos para sesenta becas más que estuvo por encima del objectivo anteriormente fijado.

---No estaría bien que me llevase todo el mérito ---dijo para sí entre sollozos---. Fernandito tenía razón. Ese pinche bebito grande con sus pañales apestosos y ese corralito de mierda siempre me regañaba por no tener a nadie para poder compartir esta «marcha» que tiene vaivenes, avances y retiradas en la eterna batalla.

La idea de un conyugue no ocupó un papel en su vida hasta ahora. Mirando los enamorados reunidos bajo la luna llena y experimentando la alegría de los monjes en este lugar sagrado le afectó de manera que esta vez fue asustadizo. Para espabilarse un poquito iba deambulando por la placita, llegando al sendero ancho bordeado de cipreses que hacían sombras alargadas hasta en el claro de luna. Caminaba con la cabeza agachada, lento pero seguro hacia la capilla.

---¡Señor Del Toro! ---gritó Rufino. Su voz vino como cosa llovida del cielo. Salió corriendo hacia Diego y lo pilló a medio camino---. ¿Le pasa algo?

El sonido de los grillos, la frescura de la noche clara y el rostro tan guapo de Rufino iluminado por la luna lo cautivaron de una vez para siempre.

---Sabes, mi becerrito ---contestó, usando uno de los piropos que tanto odiaba en aquel entonces--- había algo que no iba nada bien, pero ahora no pasa nada. De hecho, tu llegada no podría ser mejor. ¡Larguémonos de aquí, tú y yo!

Y la fuerte erección volvió a levantarle el pantalón.

COLETILLA

En los buzones de muchos amigos y aficionados por todo el mundo se encontró un anuncio:

Con toda la alegría
de nuestros corazones y
junto con nuestros seres queridos
te invitamos a celebrar
NUESTRA BODA

DIEGO DEL TORO
y
RUFINO LARGAESPADA

que llevará a cabo
el sábado, 14 de junio
a las tres en punto de la tarde

Castillo Kronborg
2 C
3000 Helsingør (Elsinor)
Dinamarca

Recepción y baile a continuación

Durante su estancia en Dinamarca (ya que había mucho que arreglar antes de la boda) Diego mandó un redireccionamiento de correo y paquetes desde su oficina principal. Había entregas casi todos los días: cartas sencillas con felicidades por lo que había conseguido con los hermanos monjes y su pase de modelos en la noche de gala; varias aprobaciones por celebridades y dignatarios mundiales para realizar la venta de la confección de caballeros y jóvenes «*haute couture*» así como tarjetas de invitación para asistir a distintos eventos.

---He aquí un anuncio escrito en papel de membrete y el escudo de armas enviado desde el palacio del Sultán Abd al-Mu'min Mu'awiyah. Parece que va a desplegar todos los medios de su reino para darle una fiesta de cumpleaños a su hijo mayor que se ha expresado interés en los monjes del pase de modelos. El príncipe va a cumplir quince años y quisiera que todos vinieran para deleitarse en ellos durante la fiesta.

---¡Uau! ¿Cómo se atreva y qué pretende? Fíjate, el gran golpe de fiesta nacional que tuvieron cuando cumplía catorce años fue suficiente para zambullir su país en la bancarrota ---afirmó Rufino---. El Sultán había gastado un dineral en un desfile enorme que pasó por delante de la tribuna de Su Majestad el Príncipe sentado en un trono dorado, vestido de seda y lino francés importado y rodeado de siervos infantiles poniéndoselo todo en bandeja al cumpleañero real.

---¿Cómo supiste eso? ---inquirió Diego, frunciendo el entrecejo.

---Leí todos los detalles en *Alrededor*, la revista de famoseo. Aparte de eso, me contaba tu buen socio

Fernandito muchísimo acerca del príncipe. Es muy amigo de él, aunque te parezca mentira.

---¿Fernandito? ¿Lo conoces?

---Sí, los dos somos tuiteros. El Sultán le acudió para obtener algunas informaciones e ideas. El año pasado su hijo tuvo que ir al baño después de que su verguita se hubiera descargado a causa del coro de exclamaciones y las manifestaciones de júbilo en su honor. Mientras tanto pasaban cualquier cantidad de halterófilos, luchadores, boxeadores, gimnastas, acróbatas y un cuerpo de baile varonil girando vertiginosamente por la tribuna. El pobre príncipe lo había perdido todo durante su larga ausencia. Cuando por fin regresó a su trono le resultó posible disfrutar al menos de los tragasables, los guerreros que se ciñeron de los lomos y un grupo estudiantil pavoneándose igual que unos Tarzanes de la Selva, despojados de toda su ropa excepto a unos taparrabos escasísimos. Entonces, no fue un desperdicio total para él, pero no le gustaría que sucediese algo semejante durante la fiesta que viene. Por eso el Sultán le pidió consejo a Fernandito acerca de los pañales desechables de mayor calidad y lujo para que Su Majestad el Príncipe pudiera orinar y cagar tranquilamente y sin molestia. Fernandito le aseguró que iba a buscar y encargarse de la prueba perfecta para el Príncipe.

---¡Otra prueba perfecta! Pero en lo que atañe a una fiesta cumpleañera que cuesta millones de dólares mientras la mayoría de los ciudadanos están muriendo de hambre pues no estoy nada de acuerdo. No cabe duda que Maclovio es plenamente consciente de la importancia de no respaldar a un reino como ese jeque que sigue cometiendo abusos en cuanto a los derechos humanos, esclavizando, encarcelando y hasta condenando a muerte a los inocentes de su país, a pesar de que nos pague centenares de miles de dólares. Ni voy a mencionar la hipocresía de mimar a un hijo obviamente gay mientras los demás homosexuales del reino viven aterrorizados y perseguidos todo el tiempo. De manera que con placer vamos a tacharle de nuestra lista, ¿bien?

Rufino sacó la barbilla y lo reprendió.

---Siento ser contundente ---dijo--- pero si nosotros no aceptamos la invitación y el dinero, hay otros que no la dejarán escapar. Triste pero cierto.

---Para Maclovio va en contra de sus principios también. Lo apoyo cien por ciento, él y Maximiliano.

---A propósito, ¿cuándo llegan ellos a Copenhague? Les prometí recibir en el aeropuerto Kastrup.

---Iremos juntos, mi amor. Además de «Éme» y «Éme» pues vienen los Hermanos Adán, Humberto y Dionisio. Lamentablemente los demás no podían aguantar la tarifa ida y vuelta desde Crisanto. Maximiliano les ofreció pagar los boletos, pero ellos rechazaron su amable oferta exhibiendo una notable humildad y el desapego a las cosas materiales. Nos enviaron sus deseos más profundos y sinceros.

---Maximiliano sí se ha enriquecido con esos cursos y talleres, ¿verdad? Ahora bien, dime, ¿qué obtendrán los inscritos despúes de haber pagado en antelación sus no reembolsables tres mil ochocientos cincuenta libras esterlinas, sus cuatro mil doscientos veinticinco euros o sus cinco mil dólares por semana?

---Pensión completa con tres comidas diarias rigurosamente macrobióticas, clases en el ligero movimiento del pecho al inspirar y espirar, terapia yóguica, masaje tántrico y meditación sanativa. Si despúes de una semana entera el estudiante todavía no ha podido sacudir el yugo de su existencia, el Maestro Covarrubias ofrece su toque personal por unos miles de dólares, libras o euros más, vistiéndose de pies a cabeza de cuero negro y utilizando varios métodos de castigo leve o severo al gusto del cliente. Por ejemplo, unos prefieren látigo, otros grilletes, etcétera... Sabes, a Maximiliano le encanta la autosuficiencia del monasterio no sólo porque sus gastos de mayoreo son mínimos allí, sino también que tiene el calor de un hogar dulce hogar junto a Maclovio que ama muchísimo. Dicen por ahí que es tan listo que «vale tanto para un barrido como para un fregado», si me entiendes.

---¿Cómo conociste a Maximiliano? ¡Cuán milagro que los dos «Émes» se reunieran después de tantos años!

---Max trabajaba de chofer para el joven vástago Gustavo Puccinelli. Lo conocí por primera vez en la casa grande de ellos. Me ayudó salir de un aprieto. Luego se mudó a Nueva Iorque, una ciudad que aprecia mucho. Lo visitaba varias veces cuando estaba iniciando sus classes de dieta macrobiótica ---¡caramba, nada más que semillas!--- y enseñanza yóguica. Aunque todavía tenga su pied-à-terre allí así como una casita en las Islas Morrissey, me alegro que Maclovio lo pudiera convencer vivir y trabajar junto a él y los otros hermanos monjes en Santa Eufemia de los Lagos. Aparentemente no es nada difícil para sus inscritos volar directamente a nuestro país. Los dos «Émes» piensan casarse el diciembre que viene.

Rufino asintió y pasó una mano sobre su cabello, descomponiéndolo un poquito en tren de ahuecar.

---Mmm... Gustavo Puccinelli dijiste. Me suena. ¿No es ése que se suicidó el año pasado? ¡Caray! No entiendo las vidas despreciables de los ricos que deben tener todita de todo.

---Ni yo tampoco, aunque sea yo hombre rico también. Que yo sepa Gustavo tenía un montón de problemas. Su vida era una lucha contra el alcoholismo y la toxicomanía. Supongo que no pudo superar los trastornos mentales que padecía.

---En fin, ese joven no lastimaba a nadie aparte de sí mismo y ya está muerto. En cambio, Basilio Aguirre y Padre Anselmo arruinaban muchas vidas y no más los metieron en la chirona. No me parece justo.

---La justicia vale por todos, culpables e inocentes. Ven, corazoncito, tenemos que ordenar la champaña y dos quilos de caviar ruso. Prefiero la marca importada del Mar Negro.

+ + + + + +

La mañana del último día de su luna de miel en la isla de Bornholm, Rufino se envolvió en las sábanas como si fueran una toga, mirando fijamente a Diego. Acababan de gozar un desayuno amplio que sólo los escandinavos sabían preparar. Los dos habían comido con apetito todos los días desde la boda. Diego quiso revisar el horario de sus vuelos en el celular de su esposo pero no pudo conseguir la contraseña de wifi. Se acercó la hora de su salida.

---Tengo ganas de afincarme para siempre ---exclamó--- desde que entraste en mi vida.

Rufino sonrió, dijo algo bostezando y se quitó las sábanas, cambiándolas por una lujosa bata de edredón azul. Volvió a mirar de reojo a su equipaje descompuesto.

---Antes de irnos pues déjame aprovechar de un baño reparador ---acertó a murmurar---. No entiendo por qué viajamos cargados de maletas.

---No tenemos tiempo ---espetó Diego enojado--- ni para bañarnos ni maquillarnos para hacer resaltar nuestras delicadas facciones.

Rufino le cazó con la mirada por encima.

---¿Estás burlando de mis pómulos altos? ¿Qué te he hecho para que te niegues a hacerme cumplidos? «*Hasta que la muerte nos separe*», ¿eh? Soy tuyo y te amo muchísimo, pero una persona como tú que quieres afincarse un día de éstos no tienes que darte tanta prisa todo el tiempo. Hay que aprender a relajarte poco a poco antes de que sea demasiado tarde.

Diego negó con la cabeza y soltó una risita. Rufino le había puesto en evidencia desde que se conocieron. Era el único que podía hacerle corregir el rumbo de su vida agitada. Era el Alfa y el Omega, el Principio y el Fin. Ya no podía eludir su destino. Se desvistió y se juntó con él en la bañera, besándolo tiernamente sin cesar.

Diego + Rufino para siempre

Í N D I C E

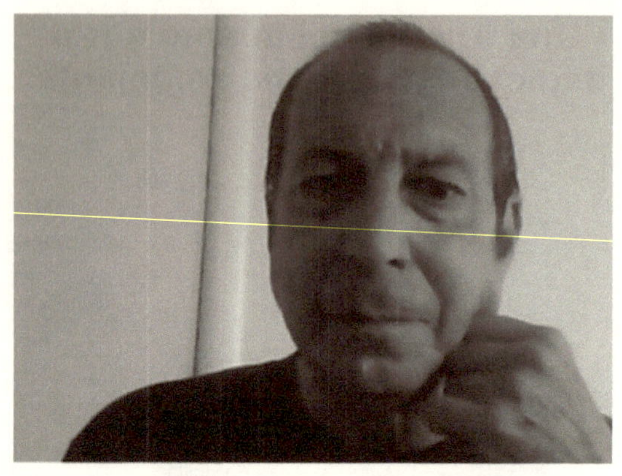

RODION REBENYAR

es escritor y poeta
que ha publicado doce libros.
Vive en la bella ciudad de Sacramento,
California del Norte
junto a su marido.

www.ingramcontent.com/pod-product-compliance
Lightning Source LLC
Chambersburg PA
CBHW032024050726
47590CB00006B/2291